팡수반점

팡수반점

초판 1쇄 인쇄	2022년 04월 26일
초판 1쇄 발행	2022년 05월 10일
신고번호	제313-2010-376호
등록번호	105-91-58839
지은이	윤희웅
발행처	보민출판사
발행인	김국환
기획	김선희
편집	정은희
디자인	다인디자인
주소	서울시 강서구 마곡서로 152, 두산타워 A동 1108호
전화	070-8615-7449
사이트	www.bominbook.com
ISBN	979-11-92071-47-3 03800

· 가격은 뒤표지에 있으며, 파본은 구입하신 서점에서 교환해드립니다.
· 이 책은 저작권법에 의하여 보호를 받는 저작물이므로 무단 전재와 복사를 금합니다.

윤희웅 단편소설 베스트 ❼

팡수반점

윤희웅 지음

나를 바라보는 소설가의 눈빛에서
많은 말들이 굴비 엮듯이 줄줄이 나왔다.

보민출판사

작가의 말

젊은 시절 나는 긍정적인 사람, 삶의 여유가 있는 사람이 아니었다. 스물세 살에 두 아이의 아빠가 되어, 쉼 없는 노동을 해야 했다. 매달 갚아야 할 빚과 월세가 있었으며, 매일 먹여야 하는 분유값이 있어야 했다. 스물세 살의 청춘은 언제나 경제적으로 쫓기는 상황의 연속이었다. 생산직이라는 멸시와 차별, 낮과 밤이 주마다 바뀌는 교대근무는 사람을 부정적으로 만들었다. 나는 날선 칼처럼 위태로웠고, 주위 사람들에게 모진 인간이었다. 다람쥐 쳇바퀴 돌듯 지쳐가는 삶속에서 그나마 나를 지켜준 것은 이야기였다. 이야기(소설)를 읽고, 이야기(드라마, 영화)를 보며 조금씩 변하고 있는 나를 발견했다. 이야기의 힘은 부정적이고 모진 사람도, 긍정적이고 유머가 있는 사람으로 변화시켰다. 사람을 변화시키는 이야기의 힘, 나도 쓰고 싶었다.

소설공부를 막 시작했을 무렵 정이가 물었다.
"아빠는 어떤 소설을 쓰고 싶어?"

"아빠는 재미있는 소설을 쓰고 싶어."

나는 화려하고 어려운 단어가 있는 소설보다는 쉬운 단어로 재미있고 따뜻한 소설을, 인생은 멀리서 보면 희극, 가까이서 보면 비극이라는 찰리 채플린의 말처럼 그런 소설을 쓰고 싶었다. 또 하나, 내가 살고 있는 안산이라는 지역적 특수성 때문일까? 나는 노동자, 비정규직 노동자, 외국인 노동자, 이주민 여성, 장애인, 성소수자 등 친구들이 많았다. 그들의 삶을 들여다보는 일이 잦아질 때쯤, 지친 그들을 위로해주고 싶었다. 결국 내가 쓰고 싶은 소설은 재미있고, 따뜻한 이야기며, 독자가 위로받는 소설이었으면 좋겠다.

마지막으로 아무것도 검증되지 않고, 불확실한 나에게 희곡을 가르쳐준 최송림, 마미성 작가님과 소설을 가르쳐준 나의 영원한 스승 김기우 교수님께 감사의 말을 전합니다. 그 귀한 마음, 잊지 않겠습니다. 보답하는 마음으로 오래도록 좋은 글을 쓰는 작가가 되겠습니다. 마음으로 늘 곁에 있는 소설탄생 문우들과 나의 가족들에게도 고맙다고 말하고 싶습니다.

- 2022년 세월호 8주기 즈음에서

소설가 윤희웅

차례

작가의 말 ••• 4

꽝수반점 ••• 11

마작하는 밤 ••• 37

약혼자의 무덤 ••• 59

천사 날다 ••• 81

희수의 초상 ••• 105

마트 아이 ••• 129

우리 동네로 그가 이사 왔다 ••• 147

…

 소설가는 더 못 참겠다는 얼굴로 자리에서 벌떡 일어났다. 나는 깜짝 놀라 소설가를 쳐다봤다. 소설가의 입술은 부르르 떨리고 있었다. 소설가의 표정은 전반적으로 시원하게 욕을 하고 싶은 표정이었다. 창밖을 내다보니 아직도 비는 내리고 있었다. 소설가는 심호흡을 한 후 천천히 이야기를 했다.

팡수반점

팡수반점

나는 지금 글을 쓰려 한다. 글을 쓰기 위해 소설 창작 기법을 알려주는 책을 읽었다. 그 책들의 주된 이야기는 '소설은 분명 허구이며, 있을 법한 이야기'라는 것이다. 이 말은 소설이 현실에 있을 법한 이야기이지만, 없는 이야기일 수도 있다는 뜻이다. 자, 그럼 시작합니다. 내 직업은 동네 중국집 주방장이다. 이 말을 먼저 하는 것은 나는 글을 써야 먹고 사는 사람이 아니라는 것이다. 어차피 내가 쓰려는 이 글이 나에게는 처음이자 마지막이 될 것이다. 바라건대 지금 내가 쓰려고 하는 이 글이 사실인지, 아니면 소설인지 글을 읽는 독자 여러분들이 판단해주시기 바란다.

우리 가게에 자주 오는 (확인을 못했지만 본인 스스로 나름 유명하다고 함) 소설가는 항상 짬뽕 국물에 고량주를 먹었다. 만 오천 원짜리 짬뽕 국물을 꼭 만 원어치만 달라고 했다. 소설가는 짬뽕 국물보다 단무지와 양파를 더 많이 사랑했다. 오천 원짜리 작은 고량주 두 병을 다 먹으면 이만 원을 컵 밑에 묻어놓고 소리 없이 사라졌다. 어느 비 오는 늦은 저녁이었다. 비에 흠뻑 젖은 소설가가 가게 문을 열고 들어왔다. 머리카락에서, 눈썹에서, 코끝에서 물방울이 방울방울 떨어졌다. 영업시간이 끝나 신문을 뒤적이며 쉬고 있던 나는 잠깐 망설였다. 비에 젖은 소설가를 바라보다 나는 목에 걸린 수건을 그에게 건네줬다. 소설가는 빗물을 닦는 것인지, 눈물을 닦는 것인지, 수건에 한참 얼굴을 박고 있었다. 간혹 어깨를 들썩이던 소설가는 내 수건에서 쉰내를 맡았는지 이내 헛구역질을 했다. 소설가는 고개를 들어 나를 바라봤다. 나를 바라보는 소설가의 눈빛에서 많은 말들이 굴비 엮듯이 줄줄이 나오고 있었다. 나는 소설가가 건네준 수건을 받아 다시 목에 걸었다. 그리고 버릇처럼 수건으로 겨드랑이를 닦았다. 내 모습을 바라보던 소설가는 한 번 더 헛구역질을 했다. 소설가는 그날 역시 만 원짜리 짬뽕 국물에 오천 원짜리 고량주 두 병을 시켰다. 소설가는 비 오는 창밖을 바라보며 고량주를 마셨다. 안주로는 짬뽕 국물과 가끔 흐르는 콧물을 훌쩍거리며 먹었다. 여전히 단무지와 양파를 사랑했다. 나는 컵에 이만 원을 깔고 일어서는 소설가에게 탕수육과 삼만 원짜리 고량주를 서비스로 줬다.

"내가 하고 싶은 이야기가 있는데 들어보고 재미있으면 소설로 써봐."

"오늘부로 소설 쓰는 것을 그만뒀습니다."

"나름 유명한 소설가라고 하지 않았어?"

"나름 유명한 소설가도 소설을 그만 쓸 수 있습니다."

"오늘 무슨 일이 있는지 모르지만 술 한 잔 하면서 편하게 내 이야기를 들어보고 혹시나 생각이 있으면 소설로 써봐. 나는 어릴 때부터 다리 한쪽이 좀 길어서 잘 걷지를 못했어. 고등학교를 졸업하고 집에서 놀고 있던 어느 날이었지. 나를 잘 아는, 하지만 나는 잘 모르는 아저씨의 손을 잡고 꽤 유명한 중국집 막내로 취직을 했어. 취직을 시켜준 아저씨에게 싫다고 말하기도 귀찮고, 사실 아저씨와 그렇게 친하지 않았거든. 그렇다고 하고 싶은 일이 딱히 있는 것도 아니고…… 뭐, 그 나이에는 다 그렇잖아. 그래서 그냥 시키는 대로 취직을 했지. 아침에 출근하면 양파 까고, 계란 깨고, 양파 썰고, 양배추 썰고, 그러다 배달 나간 그릇이 들어오면 그릇을 닦는 게 내 일이었지. 일 년 정도 하다 보니 나름 요리를 배우는 것도 재미있고, 생각해보니 주방장이 되면 내 가게도 낼 수 있을 것 같았어. 세완에서 면판으로 한 이 년, 면판에서 조리장이 되려면 또 한 이 년 걸리지. 그리고 요리를 제대로 배우려면 한 가게에 오래 있으면 안 돼. 이 년 정도 일을 배우다 가게를 옮겨야 해. 옮긴 가게에서 배울 만큼 배웠으면 또 옮기고 그러면서 슬슬 경력이 쌓이면 자연스럽게 주방장이 되는 거지. 먼저 동네 중국집이 어떻게 운영되는지부터 이야기해야겠지. 주방에 주방장 한 명(보통 사장이 주방장), 면판 한 명, 잘 나가는 집이면 세완 한 명. 홀에 한 명(보통 사모님)이 있지. 그리고 제일 중요한 배달이 두 명 정도, 그러면 동네에서 꽤 잘 나가는 중국집이라고 볼 수 있어. 중국집은 음식 장사 중에서도 꽤 많이 남는 장사지만 항상 배달이 문제야. 동네 중국집에서 배달을 안 할 수도 없고, 배달을 구하고 두 달이 지나면 반은 도망가지, 여섯 달이 지나면 백 퍼센트 다 도망가. 이놈들이 도망갈 때는 월급 받은 돈, 외상 수금한 돈, 음식값, 거스름돈, 심지어 배달하는 오토바이까지 타고 튀는데 그러면 그날은 아니 배달하는 사람과 오토바이도 없으니 며칠은 장사를 자연스럽게 공치는 거지."

"그런데 왜 자꾸 반말로 이야기하십니까?"

"기분이 나쁜가봐?"

"조금 나쁩니다. 저와 비슷하게 보이는데 말입니다."

"나는 나이를 떠나서 친한 사람에게는 친구처럼 반말을 해."

"나이는 비슷해도 우리는 친구가 아니잖습니까?"

"우리가 몇 년을 봤는데 섭섭하게 선을 긋네. 어쩔 수 없지, 본인이 기분 나쁘시다니 그럼, 여기서 그만하지."

소설가는 이제 몇 잔 안 먹은 삼만 원짜리 고량주와 아직도 김이 모락모락 올라오는 탕수육 접시를 들고 일어서는 나를 잡았다.

"기분이 조금 나쁠 뿐이지 전반적으로 괜찮습니다."

"십 년 전쯤 됐나? 나는 안산 반월공단 근처 중국집에서 면판으로 일하던 중이었지. 그날 저녁 배달하는 놈이 내 눈치를 보며 슬슬 짐을 꾸리는 거야. 그리고 보니 조금 전에 월급도 받았겠다. 그림이 딱 나오는 거지. 내일 아침이면 이놈이 튀겠구나 싶어 배달 눈치 보며 밖으로 나가 주방장(사장)에게 전화했지. 내

일 될 것 같다고. 주방장은 배달이 아들 친구라며 걱정하지 말라는 거야. 아니나 달라? 새벽녘에 홀 문이 열리는 소리가 들리는 거야. 이 층 창문을 열어보니 아들 친구라는 배달이 아직 할부도 안 끝난 오토바이를 타고 바람처럼 사라져버렸네. 아침에 출근한 주방장이 아들에게 전화해서 욕에 욕을 하고, 사모님은 부서진 금고 앞에서 아연실색하고 난리가 났지. 그나마 사모님이 먼저 정신을 차렸지."

일당 배달 좀 구해봐요. 오늘 장사는 해야 할 것 아니에요.
그놈들은 치킨이나 배달할 줄 알지, 중국 음식은 안 돼. 다 엎어버린다고.
그럼 어떻게 해요?
배달 구할 때까지는 내가 직접 해야지, 별 수 있나?

"주방장은 요리하다 말고 배달 가고, 사모님은 배달원 구하느라 쉼 없이 전화하고, 분위기는 싸하고, 배달 나간 주방장 대신 간단한 음식은 내가 하고, 배달이 도망가는 바람에 괜히 나만 바빠졌지. 그러다 사고가 난 거야. 아침부터 조금씩 비가 내리는 날이었어. 비가 오는 날이면 배달이 부쩍 늘지. 점심시간 전부터 전화가 불이 나는데 배달 나간 주방장이 들어올 때가 한참이나 지났는데도 안 들어오는 거야. 배달은 계속 쌓이고 있지, 독촉 전화는 계속 오지, 나중에 사모님이 전화기를 내려놓더라고. 그때였어. 주방장이 절뚝거리며 꽝하고 같이 들어왔어. 꽝이 누구냐면 베트남 사람인데 이름이 뭐라 뭐라 길더라고 그냥 이름이

콴으로 끝나서 그냥 우리는 쉽게 꽝이라고 불렀어."

어떻게 된 거예요?
보면 몰라?

"주방장은 건네받은 수건을 꽝에 주며 의자에 앉으라고 했어. 머리를 말리고 차를 한 잔 마신 주방장은 꽝을 쳐다보며 엄지손가락을 치켜세웠어. 일이 어떻게 된 것이냐 하면, 배달이 밀려 마음이 급해진 주방장이 골목에서 큰 길로 나오다 물을 튀기며 지나가는 차에 놀라서 넘어진 거야. 보통 비가 오는 날에 안전모를 쓰면 앞이 잘 안 보여서 보통 챙이 긴 야구 모자를 쓰고 운전을 하지. 그날 역시 주방장은 안전모 대신 야구 모자를 썼어. 주방장은 물웅덩이에 미끄러지면서 머리를 바닥에 세게 부딪혀 잠깐 정신을 잃었어. 정신을 잃고 쓰러져 있는 주방장을 지나가는 꽝이 발견하고 오토바이에 다친 주방장을 태웠지. 하지만 주방장은 이미 정신이 혼미해진 상태였어, 오토바이 뒤에 앉기는 했는데 자꾸 넘어지려고 하는 거야. 꽝은 한 손으로 넘어지려는 주방장의 허리를 잡고, 다리 사이에는 철가방을 끼우고, 나머지 한 손으로 오토바이를 운전해서 비 오는 거리를 쏜살같이 달려온 거지. 주방장은 꽝의 운전솜씨에 반했다고 했어. 거짓말 조금 보태면 뒤에 앉아서 우아하게 커피를 마실 수도 있을 정도라고 했지. 나 역시 몇 번 꽝의 오토바이 뒤에 타보니 그 말이 틀린 말이 아니더라고. 베트남 사람들은 걸음마보다 오토바이 운전을 먼저 배운다고 하잖아. 눈치 빠른 사모님이 그날 장사를 접고 우리 모두는 늦은 점심을 함께했지."

어디서 왔어?
베트남입니다.
한국말 잘하네.
대학에서 한국어를 전공했습니다.
어쩐지…… 그런데 왜?

"꽝에게 우리는 깜짝 놀란 말을 들은 거야. 보름 정도 전에 공단 끝에 있는 미원상사에서 큰 불이 났거든. 뉴스에 나올 정도로 큰 불이었어. 그때 사람도 한 명 죽었으니까. 그런데 그 죽은 사람이 바로 꽝이었어. 꽝은 새벽에 불이 시작된 곳에서 담배를 피웠다고 했어. 그 불이 담뱃불로 시작됐는지 어쩐지는 아무도 몰라. 소방서 화재조사 발표는 누전이었으니까. 꽝은 불이 나자 정신없이 불을 끄기 시작했지. 아마 꽝은 자기 담뱃불 때문에 불이 시작됐다고 생각했겠지. 불은 점점 거세지고 같이 불을 끄던 사람들은 한 명씩, 한 명씩 자리를 피할 때도 꽝은 마지막까지 불을 껐어. 불은 점점 거세지고, 물류창고는 다 타버리고, 꽝은 무서워졌지. 그래서 마지막까지 불을 끄다 끝내는 도망을 쳤어. 사람들은 불이 다 꺼졌는데도 꽝이 안 보이자 불에 타죽은 거로 생각을 한 거야. 마지막까지 꽝을 본 사람들이 이구동성으로 꽝의 죽음을 이야기했으니까. 나도 뉴스를 통해 봤어. CCTV 화면에 불을 끄고 있는 꽝의 모습이 고스란히 잡혔거든. 갑자기 불이 폭발하고, 그 이후로 꽝의 모습이 CCTV에서 사라졌어. 불난 회사를 끝까지 살리려다 죽은 외국인 노동자의 사연은 모든 사람들 가슴속에서 살아난 거지. 시청 앞 광장에 꽝의 분향소가 차려졌지. 베트남에서 온 꽝의 가족들이 오열하다 쓰러지는 모습이 뉴스를 탔을 때는 더욱 난리가 났어. 전국에서 성금이 모이고, 국무총리를 포함해서 많은 정, 재계 인사들과 일반 국민들의 추모 행렬이 밤새도록 이어졌어. 서로 다른 이유들이 있었겠지. 정부는 베트남 정부의 눈치를 보느라 그 자리에 섰을 테고, 재계 인사들은 이런 모습을 좀 본받으라는 메시지를 사원들에게 주려고 섰을 테고, 시민들은 젊었을 때 자신의 모습을 보는 것 같아 가슴이 아파 그 자리에 섰을 거야. 꽝은 국민 모두가 기피하는 3D 업종에서 일해준 고맙고 미안한 노동자, 다른 외국인 노동자들에게는 자랑스럽고 안타까운 동료가 되고 말았지. 꽝이 베트남에서 자란 이야기, 대학을 졸업하고 한국에 와서 고생한 이야기, 그동안 꽝의 모든 평범한 이야기가 숨겨진 미담이 되어 특집방송으로 나왔어. 나 역시 방송을 보고 미안한 마음에 분향소를 찾았다니까. 그런데 꽝이 죽지 않고 산속에 숨어 있었다? 이 사실이 알려지면 그 파장은 누가 감당을 해야 하지. 거기다 만약 담배를 피우다 불이 났다면? 우리는 고민을 했어. 간첩이 아니니 신고를 할 수도, 그렇다고 갈 곳 없는 꽝을 다시 산속으로 내보낼 수도 없는 상황이 됐지. 그래도 우리는 인정이 넘치는 한국인이잖아. 길에서 죽었을지도 모를 주방장을 살려준 공덕도 있으니 이 모든 이야기는 못 들은 걸로 아니, 비밀로 하고 일단은 우리와 같이 지내기로 했지. 그렇게 꽝은 다음날부터 주방에서 내가 했던 일인 양파와 양배추를 썰고, 계란을 깨고, 그릇을 닦기 시작했어."

꽝, 너 두 손으로 얼굴을 가려봐. 무엇이 보여?
아무것도 안 보입니다.
그 모습이 앞으로 너의 모습이야. 너의 인생은 이름대로 꽝이 된 거야. 이번 생은 틀렸다 생각하고 이 어두컴컴한 주방에서 나와 잘 지내보자. 혹시 아니? 다음 생에서는 꽝이 아닌 1등이 나올지도 모르잖아. 이제 양파 까라.

소설가는 내 이야기를 듣는지, 마는지 빈 술병만을 무심히 바라보고 있었다. 빈 잔을 만지작거리던 소설가는 이내 잔을 탁자 위에 소리 나게 내려놓고 일어섰다.

"그때 꽝은 나와 동갑이었지만, 주방은 내가 선배이니까 이것 저것 많이 챙겨줬지. 그런데 왜 일어섰지?"
"제가 지금까지 주방장님에게 짬뽕국물도 만 원어치만 시켜서 눈치도 받고, 단무지도 많이 먹는다고 알게 모르게 괄시도 받았지만 그래도 이건 아닙니다. 저도 나름 소설가입니다. 제가 아무리 소설가처럼 보이지 않았다 하더라도 말이 말 같아야 듣지 이건 말도 안 되고, 됐습니다. 그만 일어나겠습니다."
"비도 많이 오는데 조금만 더 듣다 가지?"
"됐습니다."
"그러면 이건 어때? 이 술은 우리 집에서 제일 좋은 술이야. 병만 봐도 기품이 있어 보이지."

소설가는 자리에 다시 앉아 두 손을 무릎에 공손히 모으며 이야기했다.

"그 술에 걸맞은 안주가 있었으면 좋겠습니다."
"술에 어울리는 안주를 금방 준비해오지. 잠깐만 기다려."

"꽝하고 나는 형제같이 지냈어. 한 방에서 같이 자고, 같이 먹고, 같이 일했지. 영업을 마친 밤이면 꽝은 오토바이에 나를 태우고 다녔어. 어느 날은 밤바다를 보러 가기도 했지. 아무도 없는 대부도 방아머리 해변에 앉아 철썩거리는 바닷소리를 처음으로 들었어. 텔레비전이나 영화에서 나오는 그런 그림 있잖아. 잔잔한 파도가 넘실거리고, 수평선 끝에 달그림자가 길게 드리워진 바닷가 해변. 그 해변에 주저앉아 바다를 바라보는 두 남자. 그 둘은 맥주 캔을 들고, 홀짝홀짝 마시며 지금까지 살아온 이야기를 하지. 첫사랑 이야기부터 자질구레한 모든 이야기를 하면서 서로 웃기도 하고, 남 몰래 슬쩍 눈물을 훔치는 그림. 우리는 그렇게 여름밤이면 대부도 방아머리 해변에서 캔맥주를 홀짝이며 많은 이야기를 했어. 보다시피 나는 한쪽 다리가 길어서 어디를 잘 다니지 못했거든. 그리고 성격도 내성적이어서 친구도 없었어. 그런데 꽝이 나의 발이 되어주고, 친구가 되어줬어. 꽝은 나에게 한 명밖에 없는, 정말 고마운 친구였어. 다시 식당이야기로 돌아가자면, 보통 주방 생활이라는 것이 한 이 년 정도 가게에서 일하면 옮기거든. 이쪽 일은 가게를 자주 옮겨야 월급이 올라. 그만큼 많이 배웠다는 거지. 나 역시 가게를 옮겨야 하는

데 꽝을 혼자 두고 가기가 좀 그렇더라고. 그렇다고 같이 갈 수도 없고 그러다 보니 그 가게에서 오 년 넘게 일을 했지. 꽝하고는 사 년을 함께했지. 주방장은 어느 순간 주방에서 나가고, 내가 자연스럽게 주방장이 되고, 꽝은 어느 순간 면장이 되었지. 모든 월급쟁이 주방장들이 꿈꾸는 게 하나 있다면, 변두리 동네라도 좋으니까 조그만 중국집을 하나 차리는 것이지. 나는 요리보다는 면을 전문으로 하는 동네 중국집이 꿈이었지. 사실 동네에서 누가 요리를 배달시켜 먹어? 먹어봤자 탕수육이지. 나는 자장면이 맛있는 중국집이 꿈이었지. 내가 수타로 뽑은 면을 못 먹어본 사람은 있어도 한 번만 먹어본 사람은 없어. 사실 중국집이 배달로 먹고 살기 시작하면서부터 수타면은 없어졌지. '빨리 좀 부탁드려요.', '왜 안 와요?' 전화해서 이러는데 누가 고되게 반죽 두들겨가며 면을 뽑겠어? 그냥 기계에 넣고 스위치만 올리면 면이 주르륵 나오는데 말이야. 수타면이라고 해서 백 원이라도 더 받으면 비싸다고 난리고. 하지만 면은 수타가 진리야. 그 쫀득한 면발은 기계면이 결코 따라올 수가 없지. 수많은 동네 중국집에서 살아남으려면 면은 수타로 뽑아야 한다고 나는 생각했어. 그래서 수타의 고수를 찾으러 얼마나 다녔는지, 지금 주방장도 예전에 수타로 방귀 좀 뀐 사람이었어. 하지만 수타가 힘이 너무 많이 들어서 내가 오기 전에는 주방장도 기계로 면을 뽑았어. 내가 와서 주방장에게 기술 전수도 받고, 수타로 면을 뽑으니까 매상이 세 배로 오른 거야. 사람은 간사해도 입맛은 거짓말 못하지. 맛있는 것은 맛있는 거니까. 그런 비법을 나는 꽝에게 전수해줬지. 내가 십 년을 넘게 이 바닥에 있으면서 배운 것을 하나도 빠짐없이 가르쳐줬지. 우리 집 자장면 먹어봤지?"

"맛있습니다."

"내가 만드는 수타면은 다른 집 수타면과는 확연하게 다르지. 나는 수타면을 미리 만들지 않고 주문이 들어오면 바로 그 자리에서 면을 뽑아. 그래서 내가 만든 수타면은 씹지 않고 바로 삼켜도 될 정도로 아주 부드럽지. 그리고 또 하나, 면에서 가장 중요한 밀가루 풋내를 없애고 쫄깃함을 살리는, 아무도 모르는 나만의 비법이 있어. 바로 반죽물이야. 계절에 따라 반죽물의 온도가 달라지는 것은 상식일 테고, 나는 반죽물로 가지 삶은 물과 단호박을 쓰지. 그러면 면에서 자연의 감칠맛과 부드러운 단맛이 확 올라오지."

"꽝 이야기나 하십시오."

"아, 미안. 꽝 이야기를 해야지. 꽝하고 사 년을 같이 지내다 보니 처음 보는 사람들도 둘이 쌍둥이냐고 묻는 사람들이 많아졌어. 중국집 밑에 있는 미용실을 같이 다니니 머리 모양도 같고, 까무잡잡한 피부도 비슷하고, 사실 꽝이 그 전보다 피부톤이 많이 밝아졌지. 여기 생활이 햇빛을 보지 못하니 더욱 그럴 거야. 이제 말투도 한국사람 다 됐어."

꽝, 전화 좀 받아봐?

동방불패입니다.

자장면 하나, 매운 짬뽕 하나, 덜 매운 짬뽕 하나 알겠습니다. 바로 가겠습니다.

형, 짜 하나, 뽕 둘, 배달.

"꽝이 수타로 면도 뽑고, 전화도 받고, 간혹 배달이 밀리면 배달도 나가고, 가게에 없어서는 안 될 사람이 된 거야. 그러던 어느 날 갑자기 문제가 생긴 거야. 문제는 역시 돈이었지. 항상 돈이 문제였어. 꽝이 일을 시작할 때 사모님이 월급은 백삼십만 원으로 하고 백만 원은 사모님이 계를 넣어서 목돈으로 만들어주기로 했지. 그리고 용돈으로 한 달에 삼십만 원만 줬어. 사모님은 매월 백만 원씩 계를 사 년 넣으면 오천만 원을 받을 수 있다고 했어. 사실 꽝은 돈을 쓸 일도, 보낼 곳도 없고, 그렇다고 본인이 어디 가서 적금을 들 것도 아니니 나 역시 그렇게 하는 것이 좋겠다고 사모님 말을 거들기도 했지. 그렇게 사 년이 흘러 오천만 원을 받아야 하는 날이 한 달 앞으로 다가온 거지. 꽝은 나에게 이것, 저것 묻기도 많이 했고, 그 돈으로 뭘 할지 매일 생각하는 것 같았어. 그러던 어느 날 우리는 우연히 사장님과 사모님이 하는 이야기를 듣게 된 거야."

꽝에게 줄 돈으로 우리 가게 리모델링하면 좋겠는데.
쓸데없는 소리.
그러면 좋겠다는 말이지. 왜 성질이야? 사실 꽝은 돈이 생겨도 쓸 곳이 없잖아.
그래도 그렇지 그러면 안 돼.
그럼, 당신이 꽝한테 돈을 빌려달라고 해봐. 이자 쳐준다고.
얼마나?
한 십 프로.
십 프로씩이나?

생각해봐. 꽝이 돈 받고 가게를 나가면?

하긴 꽝같이 성실한 아이를 어디서 구해.

월급하고 이자하고 다시 계를 넣어서 삼 년 후에 다시 오천만 원을 만들어준다고 하는 거야. 그럼 앞으로 삼 년은 말없이 있겠지.

그럼 삼 년 후에는 일억 원을 줘야 하는데 줄 수 있겠어?

그때는 어쩔 수 없이 불법체류자로 신고를 해야겠지.

"우리 사모님을 나쁜 사람으로 오해할까봐 말하는데 우리 사모님은 정말 좋은 사람이었어. 홈쇼핑을 보다가 우리에게 어울릴 것 같다고 옷도 사주고, 꽝 먹으라고 안산역에서 베트남 음식도 사다주고 자식까지는 아니어도 조카처럼 잘해줬지. 하지만 사모님은 자본주의 사회의 충실한 일원으로 사람보다는 돈이 더 좋았던 거야. 그 일 이후로 꽝은 굉장히 힘들어했어. 사모님 이야기가 머리에서 떠나지 않는다며 사모님을 슬슬 피하기까지 했지. 나를 포함한 식당 가족 누구와도 말을 하지 않았어. 자다 일어나 보면 홀에 앉아 소주를 마시고 있는 꽝을 몇 번이나 봤지. 며칠 후면 곗돈 오천만 원을 받는 날이었거든. 그래서 더욱 잠에 못 드는 것 같았지. 그날 밤도 꽝은 새벽에 일어나 단무지에 소주를 마시고 있었지. 나는 주방에 들어가 간단하게 안주를 만들어서 꽝 옆으로 갔지. 무슨 말이라도 해야 할 것 같은데 딱히 할 말도 없고, 말주변도 없고, 그냥 서로 홀 천장을 바라보며 소주를 마셨어. 슬쩍 쳐다본 꽝의 얼굴에서 눈물이 주르륵 흘러내리는 거야. 그때 난 결심을 했지."

꽝, 나는 태어날 때부터 아빠가 없었어. 처음부터 아빠가 없었으니 나는 아빠가 없다는 것이 불편한지도 모르고 컸지. 내가 열네 살쯤 됐을까? 어느 날 아빠가 생긴 거야. 엄마와 어디서 만났는지 모르겠지만 살짝 나를 닮은 듯한 무뚝뚝한 아저씨였어. 무뚝뚝한 아저씨가 엄마는 뭐가 좋은지 아저씨 앞에서 웃고 떠들고, 집안에 웃음소리가 끊이지 않았지. 나 역시 표현은 안 했지만 엄마의 웃는 얼굴이 좋았어. 그 아저씨와 한 일 년 같이 살았지. 가끔 주말에는 여행이라는 것도 가봤고, 엄마의 웃는 얼굴, 가끔 미소 짓는 아저씨를 뒷좌석에 앉아 슬쩍 슬쩍 훔쳐보곤 했어. 지금 와서 하는 이야기지만 아빠가 있다는 것은 없는 것보다 훨씬 더 좋은 것 같아. 그러던 어느 날 아주머니 한 무리가 집에 쳐들어와서 단체로 엄마 머리채를 잡고 흔들었어. 그 아줌마들은 엄마의 머리를 반쯤 뽑아놓고 이내 보이는 대로 집 세간을 부숴버렸지. 아주 깔끔하게 부셔놓고 바람처럼 홀연히 사라졌어. 엄마는 그날 이후 며칠을 누워 울기만 했지. 엄마가 재혼한 것이 아니었다는 것을 나는 그때 알았어. 아저씨는 더 이상 집에 오지 않았고, 엄마와 나는 전처럼 단둘로 돌아갔지. 하지만 엄마는 아저씨를 계속 기다리는 것 같았어. 밥도 꼭 한 공기를 더 하고, 현관문도 열어놓았지. 나는 엄마가 잠이 들면 현관문을 잠그고, 남겨놓은 밥 한 공기를 물에 말아 후루룩 마시고 잠을 잤어. 내가 그 밥을 안 먹으면 엄마는 내일 아침 찬밥을 먹어야 하니까. 그렇게 시간이 흘러 어느 날 엄마는 암에 걸려 병원에 입원했어. 유방암이었어. 아저씨가 돌아가고 그렇게 매일 가슴을 움켜잡고, 가슴을 쳐대니 유방암에 걸리지. 엄마는 마지막 가는 순간까지 병실 문만 바라보다 돌아가셨지. 엄마가 돌아가시고 나니 그때 아저씨가 다시 나타난 거야. 엄마 영정 사진 앞에서 한동안 울더라. 나는 울고 있는 아저씨의 뒤통수를 갈겨버렸어. 아저씨는 더 슬프게 울기만 할 뿐, 가만있더라. 아저씨와 나는 엄마를 집 근처 작은 절에 모셨어. 엄마를 모시고 내려온 아저씨는 나에게 통장을 하나 주고 갔어. 그 통장으로 매달 오십만 원씩 입금이 됐지. 세상은 변해도 나는 변하지 않았어, 아니 변할 게 없었어. 나에게 어느 누구도 관심을 주지 않는 세상 속에서 그저 시계불알마냥 학교와 집을 오갔지. 그렇게 시간이 흘러 고등학교를 졸업하고 집에서 천장만 바라보며 누워 있을 때, 아저씨가 다시 나타났지. 아저씨는 누워만 있는 나를 한참 바라보더니 말없이 나갔어. 그리고 며칠 후 다시 나타나 나를 중국집에 취직시켜놓고 갔어. 나는 그 이후로 아저씨를 한 번도 본 적이 없어. 그 아저씨의 이름도 몰라, 엄마와 어떻게, 어디서 만났는지, 어떤 사이였는지도 몰라. 하지만 내가 조금 살아보니까 세상에는 시간이 흐르면 조금씩 알게 되는 것이 있더라. 나는 요즘 그 아저씨와 엄마를 조금은 알 것 같아. 꽝, 사람들은 다 똑같아. 다들 말 못할 사정이라는 것이 있을 뿐이야.

형, 나도 알아. 나는 다 이해해. 다 이해가 되니까 힘든 거야. 그것보다 나 사실 베트남에 너무 가고 싶어. 벌써 십 년이 넘었어. 형도 좋고, 여기 생활도 다 좋은데 베트남은 내가 사랑하는 가족이 있는 고향이잖아, 그냥 고향에 가고 싶어.

꽝, 몇 번을 말하니? 네 마음은 알겠는데 방법이 없다고. 미안하지만 넌 유령이야. 벌써 오 년 전에 죽은 사람이라고. 위조여권? 전에도 말했지 위조여권은 영화에서나 나오는 거야. 영화에서도 위조여권을 만들려면 사람을 죽이는데, 너는 누굴 죽일 거야? 아니, 누가 너를 위해 대신 죽어줄 수 있을까? 아무리 고향에 가고 싶어도 그렇게 하는 것은 진심 아니야. 다 포기하고 그냥 여기서 나랑 살자. 유령처럼 낮에 주방에 있고, 밤에 돌아다니면 돼. 그러지 말고 우리 아무도 모르는 시골에 가서 작은 중국집 하나 하자. 내가 주방에서 요리하고 너는 배달하고 그렇게 살자. 가게 이름은 꽝과 강수의 중국집, 꽝수반점. 우리 다른 생각하지 말고, 지금처럼 재미나게 살자.

그럼, 중국으로 밀항할 수 있게 형이 도와줘. 중국만 가면 어떻게든지 베트남으로 갈 수 있어.

그렇게 베트남 가면 무슨 수가 생겨? 베트남에서도 너는 유령이야. 벌써 오 년 전에 죽은 사람이라고.

그래도 난 갈 거야. 헤엄쳐서라도 중국으로 가고, 걸어서라도 베트남으로 갈 거야.

"그래서 헤엄쳐서 중국으로 갔습니까? 도대체 이 이야기는 언제가 끝입니까?"

"이제 슬슬 시작했는데 이야기의 끝을 묻다니, 무척이나 당황스럽군."

"그럼 지금까지가 서론이었습니까?"

"안 바쁜 거 다 아는데……, 그럼 중간은 건너뛰고 결론만 이야기할게."

"그날 밤 우리는 술을 엄청나게 먹었지. 다음날 일을 못할 정도로 마셨어. 아침에 출근을 한 사장 내외는 난리가 났지만, 꽝은 오히려 강하게 나갔지. 오늘부로 그만둔다며 곗돈을 달라고 했어. 곁에서 구경하던 나 역시 얼떨결에 그만둔다고 했고. 하루 아침에 실직자가 된 우리는 일단 근처 사우나를 갔지. 사우나에서 목욕을 하고, 한숨 자고 나니 머리가 맑아졌어. 우리는 쌍둥이처럼 머리도 똑같이 다듬고, 똑같은 옷도 사 입고, 똑같은 포즈로 사진도 찍었지. 무슨 일인지 궁금하지? 그래, 나는 꽝 대신 내가 유령이 되기로 했어. 그래서 꽝의 사진으로 내 여권을 만들었지. 시청 직원이 사진과 나를 대조하며 힐끔 쳐다보고 바로 사진 위에 도장을 꾹 눌러 찍더군. 지문? 주방일을 하는 사람에게 지문 따위는 없어. 매일 물과 불을 만지고 사는데 지문이 남아날 것 같아? 그렇게 나는 꽝이 되고, 꽝은 허강수가 되었지. 며칠 후 나는 따끈따끈한 여권과 베트남 비행기표를 꽝에 줬지. 꽝은 여권을 열어보고 손을 벌벌 떨었어."

젠장, 이럴 줄 알았어, 어떻게 내 인생은 언제나 꽝일까? 하지만 너와 함께한 시간들이 잠깐이나마 허강수 내 인생의 최고의 봄날이었어. 이제는 도로 아미타불이 되었지만, 베트남 허강수, 고향 가서 잘 살아라. 그리고 서비스로 주민등록증까지 새로 만들었어. 이것도 가지고 가. 넌 나를 잘 알잖아. 우리 엄마 이름도 알고, 내가 어디서 살았고, 어느 학교를 나왔고, 어느 가게에서 일했는지…… 모든 걸 알고 있잖아. 베트남에서 허강수로 사는 데 하나도 문제될 것 없어. 이제 고향에서 꽝이 아닌 멋지고 잘

생긴 베트남 허강수로 살아.

형은?

너도 알다시피 나는 주방에서 나갈 일이 없어. 너를 만나기 전부터 나는 주방의 유령이었어. 내 걱정은 하지 마.

소설가는 더 못 참겠다는 얼굴로 자리에서 벌떡 일어났다. 나는 깜짝 놀라 소설가를 쳐다봤다. 소설가의 입술은 부르르 떨리고 있었다. 소설가의 표정은 전반적으로 시원하게 욕을 하고 싶은 표정이었다. 창밖을 내다보니 아직도 비는 내리고 있었다. 소설가는 심호흡을 한 후 천천히 이야기를 했다.

"그렇게 꽝은 허강수가 되어 고향으로 갔다는 이야기 아닙니까? 잘 들었습니다. 제가 소설가로서 충고 한마디 해도 될까요? 심심하시면 면을 더 뽑으시든지 아니면 요리 연구를 하세요. 쓸데없이 망상이나 하지 마시고요. 소설이란 어느 정도 말이 되는 이야기를 쓰는 겁니다. 아저씨처럼 말도 안 되는 이야기를 소설이라고 부르지도 쓰지도 않습니다. 알고는 있었지만 그동안 저를 얼마나 무시했는지 이제야 정확히 알 것 같네요. 돈이 없어 단무지만 축내는 저 같은 놈이 소설을 쓴다니까 소설이 장난인 줄 아세요? 아닙니다. 소설은 고민하고, 또 고민하고, 쓰고, 수정하고, 또 쓰고, 온 몸의 피가 말라가는 정성을 들이는 작업입니다. 아저씨처럼 말도 안 되는 것을, 그저 일하다 생각나서, 비오니 심심해서, 마구 지껄인다고 소설이 되는 것이 아니란 말입니다. 제가 유명하지도 않고, 돈을 잘 벌지도 못한다고 제가 쓰는 소설을, 제가 하는 직업을 더 이상 조롱하지 마세요. 저는 이만 가겠습니다."

"누가 소설가를 무시했다고 그렇게 성을 내나? 나는 그저 재미있는 소설 거리가 되지 않을까 해서 말했을 뿐인데."

"지금까지 한 이야기는 결코 재미있는 소설 거리도 아니고, 제가 듣기로는 말도 안 되는 이야기로 저를 놀리는 것밖에 안 된다고 생각합니다. 그만 가겠습니다."

"비는 아직 오고, 이야기도 아직 남았는데……."

소설가는 일어나 가게 문 앞에 섰다. 가게 문을 여니 비가 서슴없이 들이쳤다. 그냥 나가기에는 망설여지는 비였다.

"굳이 간다면 잡을 수도 없고, 가게에 우산은 없고, 아쉬운 대로 신문지라도 쓰고 가던지?"

나는 방금 전까지 읽고 있던 기름때가 덕지덕지 묻은 신문을 소설가에게 건넸다.

"그런데 솔직하게 말해봐. 사실 조금은 구미가 당기지?"

"이 사람이 정말 좋게, 좋게 이야기하니까 내가 호구로 보이나? 내가 그렇게 우습냐고? 나 같은 놈이 소설가라니까 소설이 무척 쉬워 보이지? 소설이 장난인 줄 알아? 아무 이야기나 막 쓰면 소설이 되는 줄 알아? 그렇게 쓰고 싶으면 당신이 직접 써, 내가 주방에서 면을 뽑을 테니까?"

"뭐 그렇게까지……."

불끈하던 소설가는 내리는 비에 기세가 눌렸는지, 잠깐의 망설임 끝에 탁자 위에 있던 신문을 들었다. 가게 문 앞에서 신문을 머리 위로 올리려던 순간, 소설가의 눈에 신문기사 하나가 들어왔다.

**얼굴 없는 베트남 기부천사
알고 보니 한국인 사업가 허강수.**

매년 베트남 사회복지 기관에 이름 없이 거액을 기탁한 얼굴 없는 기부 천사는 한국인 사업가 허강수로 밝혀졌다. 그는 베트남 현지에서 한국식 전통 수타 자장면인 꽝수반점을 운영하고 있다. 또한 한국 – 베트남 우정사업의 하나인 한국어 교실의 실질적인 운영자였음도 밝혀졌다. 이에 한국 정부는 사업가 허강수에게 자랑스러운 한국인상을 수여하기로 했다. 그러나 그는 자랑스러운 한국인상 수여식에 참석하지 않았다. 꽝수반점의 지배인이 대리수상을 하였다. 사업가 허강수는 지금도 얼굴을 철저히 숨기며 소리 없이 선행을 이어가고 있는 자랑스러운 한국인이었다. (윤정 기자)

소설가는 그 이후로 오랫동안 가게에 오지 않았다. 나는 소설가를 친구로 생각했는데 그는 아니었던 것 같다. 그래도 가끔 어떻게 살고 있는지 궁금해하던 그 소설가를 나는 텔레비전에서 봤다. 어느 날처럼 일을 마치고, 소주 한 잔을 곁들이며 텔레비전을 보고 있을 때였다. 문화초대석 '올해의 소설, 작가 김형수를 만나다'였다. 사회자는 오랜 무명작가 생활 속에서도 소설을 놓지 않고 정진하여 끝내는 일억 원 상금의 올해의 작가상을 수상하는 쾌거를 올렸다고 한다. 수상작품은 베트남 청년의 이야기, '꽝수반점'이었다.

...

열여섯에 아버지의 노름빚 대신 남자에게 팔려 간 지 일 년이 흘렀다. 내가 어떻게 지내는지 아버지는 소문으로만 들었을 것이다. 간혹 아버지는 나를 보기 위해 남자의 집 근처를 서성였다. 아버지가 남자의 집 근처를 서성이는 것을 들킨 날은 남자에게 이유 없이 매타작을 당했다. 아니 아버지가 오지 않아도 남자의 이유 없는 매타작은 늘 있었다. 아버지는 남자의 집, 벌어진 창문 사이로 침대에 알몸으로 누워 있는 나를 봤다.

마작하는 밤

마작하는 밤

나는 어두운 지하주차장을 가로지르는 남자를 따라 비틀거리며 걸었다. 새벽의 지하주차장은 어둡고, 한적했다. 주차장 천장에 몇 개 남지 않은 전등은 수시로 깜박거리며 수명이 얼마 남지 않음을 온몸으로 말하고 있었다. 그곳에는 거침없이 걷는 남자의 발소리와 발을 끌면서 걷는 나의 발소리만이 있을 뿐이었다. 주차장 구석을 어슬렁거리던 고양이는 차들 사이로 숨죽여 지나가는 쥐를 발견했다. 고양이는 기지개를 펴듯 앞발을 길게 뻗으며 뛰어나갈 순간을 찾고 있었다. 숨죽여 지나가던 쥐가 고양이를 발견했다. 고양이는 기다리던 때가 온 것일까? 쥐를 향해 쏜 살처럼 뛰어나갔다. 쥐는 뛰어오는 고양이를 슬쩍 한 번 바라봤다. 고양이를 본 쥐는 필사적으로 뛰지 않았다. 뛰는 척, 뛰는 시늉을 하다 이내 곧 고양이 앞발에 채였다. 쥐는 데굴데굴 굴러 주차된 차 앞바퀴에 부딪혔다. 쓰러진 쥐는 고개를 들어 고양이를 바라봤다. 고양이는 고개를 든 쥐를 천천히 앞발로 지긋이 눌러버렸다. 쥐는 바닥에 바짝 엎드려 있었지만 시선만큼은 고양이를 향하고 있었다. 고양이는 쥐에게 더 이상 시간을 주지 않았다. 바로 수염을 번쩍이며 쥐의 머리를 물어뜯었다. 지하주차장 구석진 곳곳에는 고양이가 먹다 남긴 쥐의 꼬리와 발, 머리 등이 굴러다니고 있었다. 매연 냄새와 병원의 알코올 냄새가 뒤섞여 있는 지하주차장은 또 다른 이름의 영안실이었다. 나는 고개를 돌려 남자를 바라봤다. 갑자기 뛰어나온 고양이에 놀란 남자는 쌍욕을 했다. 침을 튀기며 욕을 하는 남자의 팔에는 두 줄의 완장이 선명하게 보였다. 남자는 검붉은 가래침을 뱉으며 지하주차장 구석에 있던 차의 문을 열었다. 문이 열린 차 안에서는 작은 불빛이 새어 나왔다. 남자는 운전석에 앉아 다시 담배에 불을 지피며 나를 기다리고 있었다.

"팬티 벗어."

나는 무슨 말인가를 들은 듯했다. 왼쪽 귀가 들리지 않는 나는 고개를 돌려 남자를 바라봤다. 남자는 손바닥을 펴 왼쪽 뺨을 쳤다. 언젠가 왼쪽 고막이 나갔을 때처럼 뺨을 맞았다. 남자는 낮게 한 번 더 말을 했다. 남자가 소리 높여 이야기했는지도 모른다. 나에게 남자의 목소리는 윙윙거리며 낮게 들릴 뿐이었다. 좁은 차 안은 점점 차오르는 담배연기와 남자의 윙윙거리는 목소리만 가득 찼다. 순간 검은 상복 치마 안으로 남자의 손이 들어왔다. 남자의 손은 어느새 허벅지를 지나 거웃을 움켜잡았다. 나는 남자의 손을 뿌리치고 스스로 팬티를 벗었다. 팬티를 내리는 순간 남자의 손은 나의 허벅지를 만지고 있었다. 살갗이 오그라들며 피부에 좁쌀 같은 것이 돋아났다. 남자가 만지는 허벅지에는 수많은 멍들이 어울려 살고 있었다. 보라색 멍과 색이 바래가는 노란색 멍이 적절하게 뒤섞여 화려하게 빛나고 있었다. 남자는 벗어준 팬티의 냄새를 깊게 마셨다. 남자의 흡족한 미소는 룸미러를 통해 비쳐졌다. 남자는 팬티를 바지 주머니에 쑤셔놓고 급하게 바지를 벗었다. 그리고 남자는 빠르게 조수석 의자를 뒤로 젖혔다. 상복의 치마를 걷어 올린 남자는 소름이 올라온 엉덩이를 손바닥으로 힘껏 때렸다. 조용한 주차장 안에는 전등이 깜박거렸으며 몸뚱이 잃은 생쥐머리가 굴러다녔다. 남자의 낮은 신음소리가 주차장을 가득 메웠다. 남자는 소름 돋은 엉덩이를 양손으로 쥐고 흔들었다. 엉덩이를 잡고 흔들던 남자의 손이 어느새 머리로 향했다. 남자는 머리카락을 질끈 동여맨 머리 고무줄을 빼 뒷좌석으로 던졌다. 그리고 말의 고삐를 잡듯 머리카락을 힘껏 움켜잡았다. 목이 뒤로 젖혀진 나는 담배연기로 얼룩진 차의 천장을 바라보며 남자의 리듬에 맞춰 엉덩이를 흔들 뿐이었다. 초점 없던 나의 눈이 순간 반짝였다. 머리 고무줄이 바로 눈앞에 보였기 때문이었다. 나는 고개를 흔들어 머리카락을 잡고 있던 남자의 손을 뿌리쳤다. 몸을 앞으로 밀어 뒷좌석으로 던져진 머리 고무줄을 잡으려 했다. 남자는 빠지는 엉덩이를 잡아 뒤로 당겼다. 나의 몸은 다시 남자에게로 돌아갔다. 뒷좌석 구석에 버려진 형광색의 머리 고무줄은 나에게 멀어지고 있었다. 나는 앞뒤로 흔들리는 와중에도 최대한 손을 뻗어 머리 고무줄을 잡으려 했다. 손바닥 한 뼘 정도 손을 뻗으면 머리 고무줄을 잡을 수 있을 것 같았다. 멀지도 않은 손바닥 한 뼘 정도만 앞으로 기어야 했다. 엉덩이를 앞으로 밀면서 조금씩 기어 나갔다. 조금만 더 가면 머리 고무줄을 잡을 수 있는 짧은 거리가 되었다. 다시 한 번 머리 고무줄을 바라보며 손을 뻗을 때, 남자의 손이 나의 머리카락을 힘껏 움켜잡았다. 고개가 다시 뒤로 젖혀지면서 머리 고무줄은 손끝에서 멀어져 갔다. 나는 흔들리는 눈으로 뒷좌석에 있는 머리 고무줄을 바라봤다. 시간이 얼마나 흘렀을까? 남자는 담배를 연신 바꿔 물어가며 엉덩이를 때렸다. 머리카락을 잡고 있던 남자의 손에서 힘이 빠졌다. 남자의 입에서 끙 하는 짧은 신음소리와 함께 입에 물려 있던 담배가 엉덩이로 떨어졌다. 담배가 자연스럽게 떨어진 것인지, 일부러 엉덩이에 비벼 껐는지 나는 알지 못했다. 엉덩이에 담뱃불이 떨어진 순간 나는 깜짝 놀라 몸을 돌렸다. 좁은 차 안에서 엉거주춤 바지를 추스르던 남자가 엉덩방아를 찌고 말았다. 벌떡 일어난 남자는 나의 머리채를 잡고 흔들었다. 그리고 가차 없이 뺨을 때렸다. 한 대, 두 대, 세 대……. 나는 정신을 잃었다. 내가 눈을 떴을 때 차 안에 남자는 보이지 않았으며, 머리 고무줄도 그 자리에 보이지 않았다.

"빨리 하지."

빈 술병이 굴러다니고 담배연기가 자욱하게 깔린 선술집 골방이었다. 먹다 남긴 제육볶음에서 날 파리가 버글버글 끓고 있었다. 반쯤 먹다 남은 밥공기 위에는 담배꽁초가 산을 이루었다. 아버지는 이곳에 들어온 지 하루가 지났을까? 아님 그보다 더 오래 되었는지도 모르겠다. 그동안 아버지는 마작판에서 모든 것을 잃었다. 돈, 집, 엄마까지 아버지가 잃을 수 있는 것은 모두 다 잃었다. 하지만 마지막 한 판으로 모든 것을 찾을 수 있는 기회가 아버지에게 왔다. 그 마지막 한 판에 아버지는 딸인 나를 걸었다. 모든 것을 잃은 아버지가 걸 수 있는 마지막 하나가 나였다. 나는 낯선 아저씨의 손에 잡혀왔다. 담배연기가 자욱한 방 구석에 앉아 터져 나오는 기침을 삼켜가며 아버지를 지켜보고 있었다. 이번 판에서 아버지가 진다면 나는 어디론가 팔려갈 것이다. 아버지는 반드시 이번 판을 이길 것이며 그동안 잃었던 모든 것을 찾을 것이라 굳게 믿고 있었다. 순서가 돌아오자 아버지는 패를 하나 잡았다. 아버지의 간절한 바람이 통하였을까? 마작판의 흐름이 미묘하게 바뀌고 있었다. 한 번을 더 돌고 드디어 아버지에게 기회가 왔다. 골패를 집어든 아버지의 손은 미묘하게 떨고 있었다. 선택을 해야 하는 것 같았다. 손에 쥔 골패를 다시 한 번 쳐다보는 아버지를 바라보던 남자는 밥공기에 피던 담배를 눌러 끄며 말을 했다.

"게임은 이겨야 맛이지."
"뭐이 개소리니?"
"짱개, 고기는 씹어야 맛이라고, 뭔 말인지 알아?"
"왕빠단."
"이런 개새끼를 봤나, 너 지금 욕했지? 짱개 너 죽고 싶어?"
"여기서 뉘기 짱개니?"

마작하는 밤

벌떡 일어난 아버지를 사람들이 뜯어말리자 남자는 못 이기는 척 자리에 앉았다. 남자의 억지스러운 행동이 판의 흐름을 바꾸고 싶어 일부러 하는 짓이라는 것을 아버지는 알고 있었다. 남자는 아버지가 손에 쥔 패를 만지작거리는 것을 보고 있었다. 아버지는 던지려는 패가 남자가 원하는 골패가 될지도 모른다는 생각에 망설이고 있었다. 남자의 어설픈 행동이 아버지에게 오히려 확신을 줬을까? 아버지는 만지작거렸던 골패를 잡은 채 남자를 말없이 바라봤다. 남자의 얼굴이 변하고 있었다. 아버지는 남자의 얼굴을 보고 마지막 판의 승리를 확신했다. 남자의 떨떠름한 표정은 흐름이 바뀌고 판의 변화가 오고 있다는 뜻이었다. 아버지의 승리는 고향인 연변으로 다시 돌아갈 수 있다는 약속이었다. 아버지에게 승리의 여신이 조금씩 다가오고 있었다. 아버지는 마지막 골패를 던졌다. 남자의 얼굴이 환하게 변했다. 판을 바라보며 낮게 웅성거리던 몇몇은 벌떡 일어나 박수를 쳤다. 집을 나간 아내도, 노름빚에 팔려갈 딸도 이제는 제자리로 돌아올 수 없다는 박수였다. 아버지는 정신을 놓지 않으려 애를 쓰고 있었다. 하지만 아버지의 손은 정신없이 벌벌 떨고 있었다. 아버지는 떨리는 손으로 던져진 골패를 다시 부여잡았다. 남자는 웃으며 일어나 골패를 쥔 아버지의 손을 발로 밟았다. 이내 발에 힘을 줘 아버지 손에 쥔 골패를 빼앗아 주머니에 넣었다. 구석에서 벌벌 떨며 이 모든 광경을 지켜보고 있는 나에게 한쪽 눈을 깜박이며 웃었다.

대문 옆에는 철마다 다른 꽃들이 피어나는 작은 화단이 있었다. 상추나 고추를 심어 먹자는 아버지의 의견은 언제나 이름 없는 들꽃들에게 밀렸다. 엄마는 꽃에게 물을 주고 잠시 서서 바라보는 일이 세상에서 제일 행복한 일이라고 했다. 꽃을 바라보는 엄마를 아버지는 방 안에 앉아 꽃을 보듯 바라보고 있었다. 아버지는 아침마다 가족들의 배웅을 받으며 출근을 했다. 엄마와 나는 아버지에게 경쟁하듯 매달려 볼에 뽀뽀를 했다. 해질녘이면 아버지는 땀에 전 작업복 가방을 어깨에 메고 대문 앞에 서 있었다. 살짝 열린 부엌문에서 엄마의 화사한 웃음소리와 구수한 된장찌개 냄새가 풍겨 나올 때 아버지는 행복했다고 했다. 방 안에서 텔레비전을 보며 웃고 있는 나의 웃음소리 역시 아버지의 행복이었다고 했다. 아버지는 한동안 대문 앞에서 집 안 풍경을 흐뭇하게 바라봤다. 아버지가 대문을 열고 들어서면 부엌에서 젖은 손을 행주치마에 닦으며 나오는 엄마와 방에서 버선발로 뛰어 나오는 내가 있었다. 연변에서의 우리의 삶은 작지만 소소한 행복의 연속이었다. 하지만 우리의 행복은 얼마 가지 못했다. 갑자기 할머니가 암으로 투병하다 몇 번의 수술 끝에 돌아가셨다. 돌아가신 할머니의 밀린 병원비와 사채 빚은 아버지가 직장생활을 하면서 갚을 수 있는 금액이 아니었다. 아버지는 결단을 해야만 했었다. 어두운 밤, 우리는 별빛을 의지하며 조용히 마을을 벗어났다. 우리는 밤, 낮으로 산길을 걸었다. 달이 없는 밤을 기다려 작은 나무토막에 몸을 의지한 채 강을 건넜다. 산과 강을 몇 개나 넘었는지 보이지도 않는 연변을 연신 돌아보며 한국으로 밀입국을 했다. 우리는 한국에서 돈을 벌어 반드시 연변으로 돌아갈 생각이었다.

열여섯에 아버지의 노름빚 대신 남자에게 팔려간 지 일 년이 흘렀다. 내가 어떻게 지내는지 아버지는 소문으로만 들었을 것이다. 간혹 아버지는 나를 보기 위해 남자의 집 근처를 서성였다. 아버지가 남자의 집 근처를 서성이는 것을 들킨 날은 남자에게 이유 없이 매타작을 당했다. 아니 아버지가 오지 않아도 남자의 이유 없는 매타작은 늘 있었다. 아버지는 남자의 집, 벌어진 창문 사이로 침대에 알몸으로 누워 있는 나를 봤다. 나의 머리카락은 어깨까지 내려와 있었고 몸은 성한 곳이 없었다. 군데군데 시퍼런 멍과 색이 빠져가는 멍을 아버지는 봤을 것이다. 아버지는 조용히 나를 불러보지만 나는 미동조차 할 수 없었다. 얼마 후 아버지는 머리 고무줄 몇 개를 약 봉투와 함께 창문 너머로 던져 넣고 돌아섰다. 나를 위해 아버지가 할 수 있는 일은 하루빨리 노름빚을 갚는 방법밖에는 없었다.

"짱개, 마작 좀 하는데?"

모든 시작은 다 그렇듯이 미약했다. 아버지의 한국 생활은 아주 고되었다. 한국 사람들은 정시에 퇴근을 해도 중국에서 온 동포들은 잔업을 해야만 했다. 그렇게 일해도 동포들 손에 쥐어지는 돈은 한국 사람들보다 적었다. 거기다 동포들은 중국에서 건너올 때 쓴 밀입국 비용을 매달 갚아야 했다. 중국과 비교할 수 없는 물가와 집세, 다달이 갚아야 하는 밀입국 비용까지 항상 돈에 전전긍긍했다. 끊임없이 이어지는 열두 시간이 넘는 노동은 아버지를 지치게 했다. 끝없는 지옥 같은 노동에서 잠시라도 벗어나는 시간이 아버지에게는 필요했다. 그것이 아버지에게는 마작이었다. 회사에서 간혹 상여금을 받는 날이면 중국에서 같이 온 동포들과 마작을 했다. 그들은 허름한 여관방에서, 또는 선술집 골방에 모여 아내 모르게 생긴 상여금을 앞에 놓고 마작을 했다. 물소의 뼈에 대나무로 안을 댄 골패를 사용했다. 담배연기가 자욱한 골방에는 골패를 섞을 때마다 대나무 숲에서 시끄럽게 지저귀는 새 소리가 났다. 그들에게 마작은 몇 달에 한 번 하는 짧은 일탈로, 오락으로 그렇게 시작되었다. 그러던 어느 날, 남자가 호탕하게 웃으며 마작방의 문을 밀며 들어왔다. 술을 사며 마작을 가르쳐달라고 했다. 주로 구경만 하던 남자는 어느새 자리를 차고 들어와 돈을 잃고 있었다. 돈을 잃을수록 남자는 조금씩 판돈을 키워 나갔다. 남자가 키운 판돈은 주로 아버지에게 돌아왔다. 아버지는 남자가 고마웠다. 하루라도 빨리 빚에서 벗어날 수 있게 도와주는 구원자 같았다. 아버지는 남자를 돈이 많은 호구라 생각했고 그렇게 믿었을 것이다. 남자가 나타난 후로 가끔 하는 짧은 일탈이, 매월 월급날로, 간혹 쉬는 주말로 횟수가 점점 늘어났다. 횟수가 늘어난 것은 남자가 원하기도 했지만 실은 아버지가 간절히 원해서였다. 오로지 아버지의 욕심이었다. 아버지는 남자를 마작판에 매일 끌어오지 못해 안달을 했다. 남자와의 마작은 한국에서의 성공을 말하는 것이었다. 아버지는 월급의 몇 배의 돈을 엄마에게 쥐어줬다. 몇 번은 엄마 역시 아버지에게 더 크게 마작할 돈을 마련해줬을지도 모르겠다. 집으로 돈을 가지고 오던 몇 달을 제외한 나머지 시간들은 내가 기억하는 한 악몽의 연속이었다. 집에 돈이 떨어지자 아버지는 동료들에게 돈을 빌려 마작판으로 갔다. 마작판에서 살다시피 하는 아버지를 찾아 엄마의 손을 잡고 회사 근처의 선술집과 여관방을 돌아다녔다. 어느 순간 아버지는 매일 술을 마셨고, 엄마는 매일 바락바락 악을 썼다. 살림은 부서졌고, 나는 두려움에 떨면서 문 밖에 서 있는 날이 많아졌다. 얼마 지나지 않아 살림은 점점 누추해져 갔고, 더 이상 누추해질 살림이 없을 때쯤 얼굴에 시퍼런 멍을 달고 살던 엄마는 집을 나갔다.

아무도 찾지 않는 상가는 상가가 아니었다. 단지 마작을 하는 마작방이었다. 선술집 마작방이 이곳으로 옮겨온 것뿐, 일상은 변하지 않았다. 변하지 않은 일상 속에서 나는 산발이 된 머리를 한 손으로 잡고 머리를 묶을 고무줄을 찾고 있었다. 보통 부의함 서랍에 노란 고무줄 하나 정도는 있을 법도 했었다. 첫 번째 부의함 서랍은 몇 장의 부의봉투와 함께 검은 사인펜이 들어 있었다. 두 번째 서랍에는 봉지가 찢어져 눅눅해진 향이 가득했다. 세 번째 서랍에는 무엇이 들었는지 확인을 하지 못했다. 세 번째 서랍을 여는 순간, 남자의 손이 머리카락을 잡고 흔들었기 때문이었다. 처음 머리를 서랍에 박았을 때 나는 아픔보다는 갑자기 닥친 상황에 놀랐다. 두 번째 머리를 서랍에 박았을 때 지금 일어나고 있는 상황이 이해가 됐다. 세 번째 머리를 박았을 때 나는 이마가 조금 찢어졌다는 것을 알았다. 아마 두 번째 열린 서랍 모서리에 이마가 부딪쳤을 것이다. 두 번째 서랍 모서리가 붉게 물들어 있었다. 나는 이마에서 방울방울 맺히는 피를 닦으며 남자를 쳐다봤다. 남자의 손에는 뽑힌 머리카락이 꽤 있었다. 남자는 뽑힌 머리카락을 엉덩이에 대고 털었다. 그때 나는 엉덩이를 터는 남자의 손목에 끼여 있는 머리 고무줄을 봤다. 나는 손을 뻗어 남자의 손목을 잡았다. 남자는 화들짝 놀라 손을 뿌리쳤다. 이내 남자는 부의함 서랍 사이에 찌그러져 있는 나를 향해 발을 들었다. 남자의 발은 내 발목에 채워진 전자발찌를 향해 정확하게 내려왔다. 남자는 어디를 때려야 효과적인지 잘 알고 있었다. 툭 튀어나온 전자발찌는 징징거리며 신음을 했다. 남자는 내 발목을 두어 번 더 밟은 후, 소리를 질렀다. 나는 남자가 하는 말이 무슨 말인지는 모른다. 다만 성난 얼굴과 삐뚤어진 입이 보일 뿐이었다. 남자는 냉장고에서 소주 두 병을 빼들고 마작을 하는 곳으로 돌아갔다. 나를 힐끔 쳐다보는 마작꾼들의 느끼한 시선을 남자는 봤을 것이다. 나는 한동안 벽과 부의함 사이 좁은 공간에 앉아 있었다.

마작은 얼핏 보면 운으로 하는 도박 같아 보이지만 실제로는 실력과 심리전이 상당 부분 들어가 있는 게임이었다. 하지만 실력이 부족하다고 바둑이나 장기, 체스처럼 잘하는 사람을 절대 못 이기는 것도 아니었다. 아무리 실력 차가 나도 기본 규칙만 알면 10판 하면 1판 정도는 초보자가 이길 수 있는 게임이었다. 보통 마작은 4명이 하기에 단순 계산으로는 25퍼센트 승률이 깔려 있다고 보면 된다. 그렇다고 블랙잭이나 포커처럼 운에 대부분 의지하는 게임은 또 아니었다. 게임을 하는 사람의 표정을 읽을 줄 알아야 하며 바닥에 깔려 있는 패를 보면서 치밀한 계산도 할 줄 알아야 했다. 그리고 지금처럼 중요한 흐름에서는 흐름을 끊을 줄도 알아야 했다. 언제나 그랬듯이 지금이 가장 중요한 흐름이라는 것을 남자는 본능적으로 알았다. 나에게 술을 가져오라고 소리를 지르고 쌍욕을 했다. 마작을 같이하는 사람들은 쌍욕을 하며 일어서는 남자의 기세에 눌려버렸다. 흐름을 끊긴 사람의 힘없는 탄식만이 들릴 뿐이었다. 나를 때리고, 밟고, 욕을 하는 모든 것들은 남자의 계산된 행동들이었다. 남자는 나에게 다가가는 그 짧은 시간에도 주머니에 손을 넣어 팬티를 만지작거리는 것도 잊지 않았다. 최대한 시간을 끌어야 흐름이 바뀐다는 것을 남자는 알고 있었다. 이 모든 것은 남자가 제일 잘하는 속임수 중 하나였다. 남자는 모든 상황에 적절한 속임수를 체계적으로 정리해 갖고 있었다. 그중 으뜸은 마작패를 잡을 때의 포커페이스라 할 수 있었다. 사람들은 포커페이스를 무표정이라고 생각한다. 진정 포커페이스는 무표정이 아니었다. 남자는 표정으로 남을 속이는 방법을 알고 있었다. 지금처럼 가벼운 미소와 함께 입술에 침을 바르고 술을 홀짝이면 상대방은 좋은 패가 들어와 심리적으로 긴장을 했다고 생각을 한다. 하지만 남자의 패는 긴장할 패도 아니고 바로 죽어도 하나도 이상하지 않을 패를 들고 있었다. 하지만 사람들은 남자를 두려워하며 판에서 빠질 것이고, 남자는 이 같잖은 패로 이번 판도 이길 것이다.

벽과 부의함 사이 좁은 공간에 앉아 있던 나는 일어나 남자에게 걸어갔다. 산발된 머리를 풀어헤치고, 전자발찌를 찬 다리를 절며 힘겹게 걸어갔다. 호기롭게 술을 마시며 마작을 하던 남자가 다가오는 나를 쳐다봤다. 남자는 들고 있던 골패를 내려놓고 술잔을 들어 한 모금 마셨다. 그리고 조금만 더, 조금만 더를 외치며 다가오는 나를 쳐다봤다. 남자와 나의 거리가 이 미터쯤 되었을까? 남자는 들고 있던 술잔을 내 얼굴을 향해 던졌다. 날아온 술잔은 이마에 맞고 바닥으로 떨어져 깨졌다. 순간 나의 이마에는 방울방울 피가 맺혔다. 방울방울 맺힌 피는 빠르게 콧등을 타고 인중을 거쳐 입술로 흘러내렸다. 나는 이내 입술까지 타고 내려온 피를 훌쩍 들어 마셨다. 그리고 남자를 향해 발을 끌면서 걸었다. 콧등을 타고 내려오는 피가 입술을 다시 적실 때 나는 한 번 더 코를 훌쩍였다. 이내 남자의 앞에 섰다.

"개새끼."

웃고 있던 남자는 기가 막힌다는 듯이 마른세수를 하며 느긋하게 일어났다.

"야, 이년 봐라. 뭐, 개새끼?"

남자는 나의 머리채를 왼손으로 잡아 한 바퀴를 휘감았다. 고개가 꺾인 나는 남자의 얼굴을 향해 침을 뱉었다. 붉은 피가 섞인 침이었다. 남자는 오른손으로 얼굴의 침을 닦았다. 남자는 걸쭉한 피가 섞인 침을 닦은 손을 내려봤다. 이내 남자는 황당하다는 듯이 나를 바라봤다. 나를 향해 손을 높이 들었다. 그때 나는 다시 한 번 침을 뱉었다. 당황한 남자는 높이 들었던 손을 내려 다시 얼굴을 닦았다. 구경하던 사람들 중 한 명이 그만하라며 남자에게 다가오려 했다. 남자는 별일 아니라는 듯 손짓을 하며 돌려보냈다. 남자의 얼굴에서 야릇한 미소가 흘러내렸다.

"짱개년이 오늘 지 애비랑 같이 죽고 싶었구나."

남자의 입에서 짱개년이라는 말이 다 끝나기도 전에 남자의 손은 나의 뺨을 내리쳤다. 남자가 한 손으로 머리채를 잡고 있어 나는 고개도 돌리지 못하고 뺨을 맞았다. 남자는 나의 왼쪽 뺨을 다시 내리쳤다. 나는 휘청이며 뒤로 한 발 물러섰다. 남자는 한 발 앞으로 나가며 또다시 왼쪽 뺨을 내리쳤다. 나는 뒤로 한 발 물러섰다. 물러서는 나를 따라 남자는 한 발 앞으로 나가며 뺨을 내리쳤다. 그렇게 몇 발을 더 걸었을까? 나의 왼쪽 뺨이 얼굴에서 사라질 무렵 사람들이 달려왔다. 달려온 마작꾼들은 남자를 골패가 굴러다니는 자리로 데리고 갔다. 자리에 앉아 술을 몇 잔 단숨에 들이키던 남자가 다시 일어나 쓰러져 있는 나에게 다가왔다. 서로 술잔을 돌리며 수군거리던 마작꾼들이 이내 다시 달려와 남자를 잡았다. 남자는 가슴 안쪽 주머니에서 주머니칼을 꺼내 들었다. 마작꾼들에게 칼을 들어 보이자 사람들은 고개를 저으며 자리로 돌아갔다.

"이것 때문이니?"

승부를 하는 모든 사람들에게는 루틴이 있다. 남자에게 루틴은 나의 물건들이었다. 남자가 다른 여자들보다 나를 곁에 오래

둔 이유이기도 했다. 남자는 팔목에 끼여 있던 머리 고무줄을 빼들었다. 쓰러져 있는 내 앞에 남자는 쪼그려 앉았다. 남자는 머리 고무줄을 나에게 내밀었다. 나는 고개를 들어 남자의 손에 들려 있는 머리 고무줄을 바라봤다. 남자는 나에게 머리 고무줄을 받으라며 손짓을 했다. 손을 내밀어 머리 고무줄을 받으려 할 때 남자는 주머니칼로 머리 고무줄을 끊었다. 나의 손에는 끊어진 머리 고무줄이 툭 떨어졌다. 남자는 번들거리는 주머니칼을 들고 일어섰다. 남자는 나의 머리카락을 움켜잡았다.

"내가 머리 고무줄이 필요 없게 만들어주지."

남자는 머리카락을 주머니칼로 잘랐다. 날이 새파랗게 선 주머니칼은 머리카락을 아낌없이 잘라냈다. 듬성듬성 잘려나간 머리카락이 주변으로 흩뿌려졌다. 얼마 지나지 않아 머리카락은 고무줄이 필요 없을 정도로 짧아졌다.

"이런, 모자가 필요하겠는데."

남자는 주머니에서 팬티를 꺼내 내 머리에 씌웠다. 팬티를 뒤집어쓴 머리를 잡고 흔들며 남자는 흡족하게 웃었다. 이내 남자는 자리로 돌아와 골패를 만지작거리며 술을 마셨다. 구경을 하던 꾼들도 하나 둘 모여 다시 마작판 앞으로 모이기 시작했다. 남자는 골패를 정리하며 말을 했다.

"저년은 짱개년도 아니고, 한국년도 아니고 잡종 똥개년이야. 똥인지, 된장인지도 모르고 배고프면 아무거나 처먹는 잡종 똥개. 말 안 듣는 똥개들은 몽둥이가 약이거든. 욱씬욱씬 패놓아야 먹을 때 더 맛있는 법이지. 저 짱개년 먹고 싶은 놈 있으면 말해. 내가 한 번 줄게. 그러지 말고 이참에 포주로 나서볼까? 저년은 씹하는 거 좋아하고 나는 돈 벌어서 좋고."

마작판 앞에 앉아 있던 사람들이 서로 일어나 바지춤을 움켜잡았다. 서로 먼저 해야겠다며 돈을 남자에게 주며 웃고 떠들었다. 내가 남자의 집에 처음 왔을 때, 초저녁부터 추적거리며 비가 내렸다. 추적거리며 내리던 비는 동이 틀 무렵 눈으로 바뀌었다. 남자가 술에 취해 정신없이 잠들어 있는 것을 확인하고 나는 조용히 집을 빠져 나왔다. 어슴푸레 밝아진 거리를 무작정 뛰기 시작했다. 길을 모르는 나는 산으로 올라가면 남자가 찾지 못할 것 같았다. 산 속으로 깊이 들어갔다. 동이 틀 무렵 뛰기 시작한 나는 해가 질 무렵 산속에서 작은 암자를 발견하고 그 안으로 몸을 피했다. 인자한 얼굴에 수염이 긴 산신이 그려진 그림 밑에서 나는 부어오른 발목을 부여잡고 쓰러졌다. 시간이 얼마나 흘렀을까? 쓰르라미 우는 소리에 나는 선잠에서 깨어났다. 선잠에서 깨어난 나의 눈앞에 남자가 서 있었다. 나의 부어오른 발목에 채워진 전자발찌가 역할을 충실이 했다는 것을 나는 나중에 알았다. 그 후로 남자는 나의 옷을 벗겼고 손을 묶었다. 나의 입에는 재갈이 물려 있었다. 나는 남자에게 수시로 매질을 당했으며, 남자를 위해 억지로 다리를 벌려야 했다. 나는 소리 없이 눈물을 흘릴 뿐, 아무것도 할 수 없었다. 내가 물 한 모금도 먹지 않은 지 일주일쯤 되었을 때 창문 넘어 어른거리는 그림자와 익숙한 발자국 소리를 들었다. 나를 부르는 낮은 목소리 역시 들렸다. 나는 움직일 수가 없었다. 나의 처참한 모습을 아버지에게 보여줄 수 없기 때문이었다. 나는 조용히 고개를 돌려 벽을 바라보며 베갯잇만 적실뿐이었다. 열린 창문 사이로 파스와 머리 고무줄이 든 봉지가 방 안으로 툭 떨어졌다. 내가 살아야 하는 이유가 툭 떨어진 것이었다. 내가 남자 곁에서 잦은 매질과 수모 속에서도 살아야 하는 이유였던 아버지가 며칠 전에 죽었다. 공사장에서 떨어져 죽었다. 남자는 나를 앞세워 공사현장을 찾아갔다. 남자는 죽은 아버지의 한국 사위였다. 회사 사무실에서 원하는 금액이 나올 때까지 남자는 술을 마시고 소리를 질렀다. 하루가 지났을까? 남자는 원하는 사망 합의금과 장례비용까지 챙겼다. 돈을 받았으니 어쩔 수 없이 그럴듯한 영안실을 꾸며야 했다. 오늘 오전에 회사 관계자들이 머리를 조아리며 문상을 하고 갔다. 이제 아버지는 이 세상에 없다.

나는 머리에 팬티를 뒤집어쓰고, 얼굴은 피범벅이 되어 머리카락이 흩뿌려진 자리에서 일어섰다. 근처에 굴러다니는 술병을 하나 들었다. 나는 절뚝거리며 남자에게 다가갔다. 한국에서 돈을 벌어 연변으로 돌아가 빚도 갚고 행복하게 잘 살아보자고 약속했던 아버지는 이제 없다. 아버지의 죽음과 엄마의 가출, 한국말을 배우며 꿈꾸던 나의 미래까지 남자가 모두 앗아갔다. 허리춤을 풀고, 돈을 뿌리던 사람들이 나를 보고 흠칫 놀라 뒤로 물러섰다. 당황해하며 손가락질을 하는 사람을 본 남자가 뒤를 돌아볼 때, 나의 손에 든 술병은 남자의 머리를 향했다.

. . .

그녀는 잠시 창밖을 내다보며 회상에 잠기는 듯했다. 이야기해야 하는 것이 옳은 일인지 아직 결심이 서지 않는 듯 보였다. 잠시 눈을 감고 있는 그녀를 숨소리까지 죽여가며 바라봤다. 94세라는 나이가 무색하게 단아한 모습이었다. 한 치의 흐트러짐이 없는 옷매무새와 정갈하게 쪽진 머리는 그녀 앞에 앉은 나까지 경건하게 만들었다. 차를 한 모금 마신 그녀는 이내 작심한 듯 이야기를 이어나갔다.

약혼자의 무덤

약혼자의 무덤

오늘처럼 비 오는 날은 백수에게 제일 좋은 날이다. 거리에 사람들이 없으니 상대적 박탈감을 덜 느껴도 된다. 경쟁할 상대가 줄어든 느낌이랄까? 왠지 모르게 마음이 안정된다. 사실 나는 아직 직업이 없을 뿐, 능력 있는 부모님 덕에 별일 없이 잘 지내고 있었다. 유학을 다녀온 후 좀 오래 쉬고 있을 뿐이었다. 취업도 부모님이 알아서 해준다고 했으니 잠시 기다리면 번듯한 직장이 생길 것이다. 책도 읽고, 영화도 보고 혼자서 잘 놀고 있었다. 미안하지만 다른 백수들보다 한결 가벼운 마음으로 살고 있었다. 비 오는 창밖을 내다보다 삼선 슬리퍼에 물방울 우산을 들고 집을 나섰다. 물론 갈 곳은 없다. 막대사탕을 입에 물고, 왼쪽으로 두 번, 오른쪽으로 세 번, 왼쪽으로 세 번, 오른쪽으로 두 번 나름 규칙을 만들어 입 안에 사탕을 굴리며 동네를 서성이다 이름 모를 묘지 앞에 섰다. 두 개의 무덤이 나란히 있었다. 낡은 비석에는 '농촌사업가 최용신 지묘農村事業家 崔容身先生 之墓', 또 하나의 비석에는 '장로 김학준 교수 지묘'이었다.

시작은 아주 단순했다. 나는 시간이 넘쳐흘렀고, 전공이 역사 큐레이터였기 때문이었다. 유학까지 다녀왔으니 얼추 십 년 넘게 큐레이터 공부를 했다. 나의 흐린 눈동자에 힘이 들어갔다. 큐레이터 입장에서 김학준의 묘비는 아주 흥미로웠다. 묘비 정면은 십자가와 함께 한글로 '장로 김학준 교수 지묘'라는 글씨가 크게 쓰여 있었다. 그 밑으로 작은 글씨로 시편 1편이 '복 있는 사람은 악인의 꾀를 좇지 아니하며 죄인의 길에 서지 아니하며 오만한 자의 자리에 앉지 아니하고'라 쓰여 있다. 묘비 뒷면에는 '미망인 길금복, 아들 김천민, 천홍, 딸 군자, 휘자, 순호 1977. 9. 27. 증'이라 쓰여 있다. 묘비 오른쪽 면은 '진리의 뜻을 같이한 동지로서 남달리 농촌계몽 운동에 뜻을 이룩하고 저 수많은 역경에서 서광을 빛우다 고이 잠드신 상록수 주인공들이여.'라고 쓰여 있다. 김학준의 묘비에서 나의 시선을 단숨에 사로잡은 문장은 묘비 왼쪽 면에 있었다. '상록수 약혼자.'

김학준의 묘비를 보면 그는 결혼하고 자녀까지 있음에도 불구하고 상록수 약혼자라는 이름으로 부인이 아닌 다른 여자 옆에 묻혀 있다는 것이었다. 그 속에는 분명 말하지 못하는 숨겨진 진실이 있을 것이다. 나는 그 진실을 찾고 싶었다. 집으로 돌아가 본격적으로 검색을 시작했다. 필요한 자료를 찾으러 도서관과 관계자들을 찾았다. 그동안 무료하게 보낸 시간이 모처럼 활기를 찾았다. 그 당시를 증언해줄 사람들은 이제는 없었다. 우선 최용신부터 시작했다. 묘비에 쓰인 대로 농촌사업가 최용신을 기억하는 자, 독립운동가로서 최용신을 기억하는 자, 여성운동가로서 최용신을 기억하는 자, 샘골학원 선생으로 최용신을 기억하는 자, 감리교 신학생으로 최용신을 기억하는 자, 마지막으로 소설 상록수 여주인공으로 기억하는 자, 모든 사람들은 최용신을 기억하고 싶은 모습으로 기억했다. 나는 소설『상록수』와 1939년에 발행된『최용신소전』(류달영, 성소소전)과 1991년 발행된 홍찬의 장로의 아들인 홍석찬 목사가『상록수 농촌사랑』(홍석찬, 기독교문사)을 중심으로 최용신과 김학준의 진실을 찾기 시작했다.

최용신의 자료는 생각보다 많았다. 정리해보면 최용신은 1928년 봄 협성신학교에 입학하면서 매우 중요한 만남을 경험하게 된다. 그 만남은 바로 황애덕(에스더) 교수와의 만남이었다. 황에스더는 여성 비밀결사체의 모체인 '송죽회'와 '대한민국애국부인회'를 조직하여 활동한 독립운동가로, 이 당시 협성신학교의 농촌사업 지도교육과 교수로 재직하고 있었다. 황에스더는 농촌운동을 주도하고 있던 YMCA, YWCA와 긴밀한 관계를 맺으면서 학생들에게 농촌운동에 대한 사명감과 희망을 불어넣어 주고 있었다. 최용신은 협성신학교를 다니면서 황에스더로부터 많은 영향을 받았다. 입학한 첫해, 황해도 수안 용현리로 황에스더와 김노득과 함께 농촌실습을 떠났다. 각종 식품과 일용품을 가지고 긴 여행 끝에 용현리에 도착해보니 문맹과 극빈 계층에 속하는 사람들이 대부분이었다. 이들은 용현리 학생들과 함께 3개월 동안 글을 가르치고 학예회를 열면서 동고동락했다. 이곳에서 최용신은 관념적으로 생각만 했던 농촌운동을 실제로 실습하고 농촌운동이 얼마나 어려운 것인지를 체험했다. 그다음 해 포항 옥마동 농촌실습에서 최용신은 자신의 전 생애를 농촌운동에 헌신할 것을 다짐한다. 졸업을 앞둔 1931년 10월, 최용신은 당시 수원지방의 밀러 여선교사의 요청과 YWCA의 지원으로 경기도 반월군 천곡(샘골)에 파송을 받아가게 된다. 이미 천곡은 교회가 세워져 부흥일로에 있었으며 선임자인 장명덕 전도사에 의해 학원도 설립되어 있었다. 최용신은 여러 가지로 일하는 여건이 좋은 천곡에서 마을을 순회하며 농민들의 생활 상태와 교육에 대한 열의를 타진하고 그가 하고자 하는 교육 사업을 시작했다. 그러나 막상 마을을 다니면서 학원의 신입생을 모집해보니 그것이 마음대로 되는 것이 아니었다. 마을 사람들이 일찍 기독교를 믿어 생각은 많이 깨었지만 그렇다고 해서 새파란 처녀의 교육 사업을 전적으로 밀어주는 것이 아니었다. 최용신은 만나는 사람마다 "자녀들을 가르쳐야 합니다." 하면, 마을 사람들은 "돈이 없어요, 월사금이 없습니다."라고 대답하기 일쑤였다. 최용신은 그래도 실망치 않았다. "공부해서 잘살아 봅시다." 하면서 학생들을 모집한 결과 40명이나 되었다. 최용신은 이들에게 한글, 산수, 재봉, 성서 등을 가르치면서 밤낮을 가리지 않고 교육에 전념하였다. 저녁에는 부녀자들을 모아놓고 가르쳤다. 그녀는 하루가 부족한 사람이었다. 최용신의 이러한 열심과 헌신적 행동은 마을 사람들을 감동시키기에 부족함이 없었다. 그런 헌신으로 인해, 최용신과 샘골은 완전히 하나가 되었다. 샘골의 모든 일은 최용신의 한마디로 주저 없이 움직이게 되었고, 샘골의 모든 일은 최용신에게로 왔다. 닭을 잡아도, 냇가에서 고기를 잡아와도 마을 사람들은 그를 기억하고 대접했다. 완전한 신뢰였다. 점차 천곡학원은 마을 사람들의 신임을 얻어 학생 수가 급작스럽게 증가하게 됐다. 6칸의 예배당이 비좁을 정도였다. 그러자 최용신은 학원을 인가하여 강습소로 개축할 계획을 세워 추진했다. 정식 학원 설립의 꿈을 키우던 최용신은 교회를 중심으로 '천곡 학술학원 건축발기회'를 조직하였다. 그녀는 동네 유지들을 찾아다니면서 "짐승을 키우는 것보다는 사람을 키우는 일이 더 소중하지 않으냐?"며 설득 작업을 벌여 기금을 모아갔다. 그녀는 기금을 모음과 동시에 건축 사업을 시작하였다. 남녀노소 할 것 없이 모두 나서서 돌을 나르고 새끼를 꼬고 터를 닦았다. 온 마을 사람들이 일치단결하여 학교를 세워나간 지 한 달 남짓한 1932년 10월 27일 정초식을 거행하였고, 추운 겨울에도 쉬지 않고 공사를 강행하여 드디어 1933년 1월 15일 낙성식을 거행하기에 이르렀다. 천곡학원의 새로운 역사가 시작된 것이다. 1933년 봄이 되어 학생을 새로 모집하니, 예년보다 훨씬 많은 110명이나 몰려왔다. 새로 지은 교사마저도 턱없이 모자랄 정도였다. 오전 9시부터 시작되는 수업은 반드시 예배부터 시작하여 보통 6시간 또는 7시간이나 계속되었다. 보통학교 6년 과정을 단 2년 만에 마치는 것이라 조금은 벅찬 과정이었다. 그래도 보통학교에서 가르치는 과목은 전부 다 가르쳤는데, 특히 그녀는 한글, 역사, 성경 등의 과목에 중점을 두고 가르쳤다. 그녀는 이러한 과목을 통해서 신앙과 애국심을 고취해주기 위해서 최선의 노력을 하였다. 예를 들어, 동화시간에는 모세, 다윗, 에스더 등의 이야기를 해주었고, 자수 시간에는 한국 지도를 무궁화꽃으로 꾸

미게끔 하였고, '무궁화 이 동산에 역사 반만년'이라는 노래를 가르침으로써 민족교육과 아울러 신앙을 심어나갔던 것이다. 그러다 보니 천곡학원은 점점 일제의 미움을 사기 시작했다. 그러나 최용신은 조금도 두려워하지 않고 민족교육을 계속해나가자, 급기야 일제는 갖은 탄압을 가해오기 시작했다. 학생 수가 시설보다 너무 많으니 초과 학생을 돌려보내라, 조선의 국어와 역사는 가르치지 말라 하면서 갖은 트집을 잡기 시작하였다. 학원의 시설 미비라는 명목으로 천곡학원의 학생들을 다른 곳으로 빼내는 등 분열정책을 일삼았다. 일제는 사사건건 천곡학원을 운영하는 최용신을 불러댔다. 최용신은 이 절박한 상황에서 당시의 여론(女論)이라는 여성잡지에 글을 기고하여 호소했다. 안타까운 호소를 했음에도 아무런 반응을 얻지 못했다. 그러자 최용신은 막다른 길에서 발 벗고 나섰다. 여러 지인과 친척들을 찾아다니면서 호소하여 어려운 위기를 모면했다. 이런 그녀에게 또다시 시련이 닥쳐왔다. 그동안 호전이 되었던 병세가 갑자기 악화하기 시작한 것이다. 그녀는 식욕까지 떨어져 음식조차 먹을 수 없게 되었다. 그래도 그녀는 곧 회복되리라 생각하고 약을 먹어가며 수업을 강행하였다. 그 이후 최용신의 샘골에서 활동은 익히 우리가 알고 있는 그것들이었다. 최용신은 샘골에 온 지 삼 년 뒤인 1935년 1월 23일에 장협착증으로 죽었다.

최용신의 삶은 그를 아는 사람들의 증언 또는 자료들과 거의 일치했다. 문제는 김학준이었다. 김학준의 묘 아래에는 그의 약력이 길게 적혀 있었다. 1912년 5월 13일 출생, 최용신의 출생은

1909년 8월 12일이었다. 최용신이 3살 더 많았다. 김학준 14살, 최용신 17살인 1926년에 약혼을 했으며, 김학준은 약혼과 동시에 일본 동경 명고로 유학을 갔다. 최용신은 1928년 원산 루씨여고보를 졸업하고, 서울협성여자신학교에 입학을 했다. 최용신은 졸업 후 샘골에서 3년을 보낸 후 병으로 세상을 떠났다. 김학준은 최용신이 죽은 후 고향으로 돌아가 함남 영생여고에서 교사 생활을 했다. 그리고 그다음 해 1937년 5월에 길금복과 결혼을 했다. 영생여고에서 교사 생활을 하던 중 1941년 조선어학회 사건으로 3년 6개월간 복역을 했다. (재판관 후지모, 검사 엄상섭, 변호사 노기다) 김학준은 출소 후 남하한 후 1946~49년 문교부 편집관, 1951~60년 성균관대 법정대 교수, 1957~59년 동국대 법정대 교수, 1960~74년 조선대 법정대 교수로 재직하였다.

14세 김학준이 일본으로 유학을 간 이후 기록상 최용신과는 단 한 번 만났다. 최용신이 죽기 전 1934년 일본으로 유학을 갔다 6개월 만에 돌아온 일이 있었다. 이때 최용신은 9년 만에 김학준을 처음 만났다. 그 둘 사이에 무슨 이야기가 있었는지 아무도 모른다. 최용신은 유학을 6개월 만에 접고 샘골로 돌아가 학원일을 계속했다. 그리고 1935년 새해가 밝은 지 얼마 안 된 1월 23일 갑자기 찾아온 장협착증(장이 꼬이는 병)으로 죽었다. 최용신과 김학준은 약혼자였음에도 9년 동안 일본에서 딱 한 번 만났다. 그런데 김학준은 왜, 최용신의 묘 옆에 상록수 약혼자, 진리의 뜻을 같이한 동지라는 묘비를 새기고 같이 누웠을까? 나는 김학준의 행동(상록수 약혼자)에는 소설 상록수와 영화 상록수가 크게 작용했으리라 믿었다. 소설 상록수는 분명 소설이지만 독자들은 최용신과 채영신을, 김학준과 박동혁을 동일 인물로 생각했을 것이다. 그 두 사람은 실제 동일 인물이었을까?

당시 작가 심훈은 일제의 감시를 피해 충남 당진군 송악면 부곡리에 내려와 있었다. 이때 샘골의 최용신의 부음기사가 1월 신문에 보도된다. 당시로서는 파격적인 사회장으로 치러졌으며 그녀의 업적이 소개되고, 영원불멸의 명주, 무산 아동의 자모, 선각자 중의 선각자라는 글로 신문 첫 줄을 장식하였다. 그리고 얼마 후 동아일보 창간 15주년 기념 조선 농어촌문화에 이바지하는 장편소설 특별공모가 있었다. 상금이 오백 원이나 되었다. (당시 어른 소값이 60원이었다.) 심훈은 1935년 5월 4일 소설을 쓰기 시작하여 6월 26일에 탈고하고 8월 13일에 당선되었다. 그 해 9월 10일 동아일보에 연재하기 시작하여 이듬해 2월 15일까지 127회에 걸쳐 연재되었다. 1936년 상록수를 영화화하려 했으나 일제 당국의 불허로 실패, 같은 해 8월 28일 한성도서 주식회사에 의해 책으로 발간되어 폭발적인 인기를 끌게 되었다. 책의 표지 그림은 청전 이상범(동아일보 전속 화가)이 그렸고, 서문은 벽초 홍명희가 맡았다. 1936년 소설을 영화화하려는 노력은 계속되었으나 심훈은 9월 장티푸스에 걸려 고열로 사망(36세)하였다. 심훈은 상록수를 집필 당시 조카와 함께 당진에 있었다. 그곳에서는 장질 심재영이 청년 십여 명과 농촌계몽에 앞장서서 인근 마을까지 활동하고 있었다. 그럼 심훈은 조카를 박동혁의 모델로 삼았을 확률이 더 높다. 작가 심훈은 자료조사 차원에서 샘골을 한 번 방문했다고 한다. 다시 말하면 심훈은 김학준의 존재를 몰랐을 가능성이 더 크다. 소설 속에서 한밤중 해변에 가서 키스하는 등 로맨틱한 장면도 나온다. 이런 부분들이 최용신을 기억하는 사람들의 많은 반발을 샀다.

'최용신은 남자에 의존적인 여인이 아닌 남녀평등을 외치는 자주적인 여성 농촌 활동가였음을 부정하는 것이다.'

'작가가 최용신을 알았다면 쓸 수 없는 문장이다.'

이와 같은 논란은 수없이 많이 나왔다. 당시 작가 심훈은 소설이기에 어쩔 수 없이 로맨스가 들어가야 했다고 했다. 소설 상록수에 그려진 최용신이 아닌 여성 운동가 최용신을 제대로 알리자는 뜻에서 1939년에 『최용신소전』(류달영, 성소소전)이 발행되었다. 그럼에도 불구하고 사람들은 최용신과 채영신을, 김학준과 박동혁을 동일 인물로 알고 있었다. 자료를 찾던 중 최용신 친구에게 김학준에 관한 증언을 찾아냈다. 유일한 김학준의 증언이었다.

"원산서 같이 자란 청년이 있는데, 현재 그 사람은 일본 가서 공부하고 있는데, 자기는 얼굴이 이러니, 그 사람은 앞으로 크게 일할 사람인데, 결혼해야 할지, 자기가 모든 면에서 부족하다고 생각한대요. 그래서 그 사람에게 미안하다고요. 원산 있을 때 최용신씨는 부잣집 딸이고 그 남자는 어려웠대요. 그래서 아무리

외모가 그렇더라도 최용신 가정은 쉽게 허락을 안 했대요."

최용신은 천연두를 앓아 '곰보'였다. (얼굴뿐만 아니라 몸 곳곳에 곰보 자국이 있었다고 한다.) 어쩌면 10년이란 기한은 최용신이 김학준에게 자신으로부터 떠날 수 있는 시간을 준 건지도 몰랐다. 최용신은 친구에게 이야기했듯이 김학준에게 미안해했고, 언젠가는 자기를 떠나리라 생각하고 있었다. 그럼 김학준은 최용신을 약혼자라고 생각하고 있었을까? 최용신이 죽은 지 이년 만에 결혼하고, 최용신과 주고받은 편지를 모두 불태우고, 30년 동안 농촌 근처에도 가지 않고 오직 교수로 살던 사람이 김학준이었다. 그런 그가 어느 날 상록수 영화가 대히트를 치면서 "내가 상록수의 주인공 최용신의 약혼자인 박동혁의 모델 김학준이요." 하며 대중 앞에 나왔다.

김학준이 진정 최용신을 사랑한 약혼자가 아니었을 것 같다는 나의 의심은 날로 커져만 갔다. 하지만 더 찾아낼 자료는 없었다. 증명할 방법은 오직 하나 김학준의 가족을 직접 만나 듣는 방법 외는 없었다. 김학준 미망인인 길금복 여사는 최용신 무덤 옆에 약혼자의 무덤을 만든 후 돌연 사라졌다. 미국으로 식구가 모두 이민을 갔다는 이야기가 전해질 뿐, 미국 어디서 살고 있는지 아는 사람이 없었다. 이민을 가지 않은 딸이 하나 있다는 이야기를 듣고 수소문 끝에 수원에서 찾아냈다. 그러나 김학준의 딸은 자신은 아버지가 없다며 끝끝내 인터뷰를 거절했다. 어머니가 생존해 있는지도 확인해줄 수 없다고 했다. 생존 여부를 확인해줄 수 없다는 이야기는 역설적으로 어머니가 생존하고 있다는 확인이었다. 나는 마침 미국에서 유학했었다. 미국에 사는 지인들에게 수소문을 부탁했다. 미국 전도를 펴놓고 각 지역 한인회에 전화를 걸어 그녀를 찾았다. 얼마의 시간이 흘렀을까 수원에 사는 김학준의 딸에게 연락이 왔다. 길금복 여사가 나를 만나주겠다는 이야기였다. 그녀의 나이는 94세였다. 나는 망설일 이유가 없었다. 그녀에게 남겨진 시간은 찰나일 뿐, 내가 지금 그녀를 만나지 못하면 김학준의 진실은 묻히고 말 것이다. 나는 길금복 여사를 만나러 미국으로 갔다. 약속을 하고 갔음에도 김학준의 자녀들은 아버지를 기억하고 싶지 않으며, 어머니를 만나게 해드릴 수 없다고 했다. 길금복 여사가 사는 집 앞에서 나는 무작정 기다렸다. 그녀의 집 앞을 서성이며 이틀을 보내고 삼 일째 되던 날, 문이 열리고 길금복 여사가 나왔다. 안으로 들어오라며 손짓을 했다. 드디어 나는 길금복 여사를 만났다.

그녀는 잠시 창밖을 내다보며 회상에 잠기는 듯했다. 이야기해야 하는 것이 옳은 일인지 아직 결심이 서지 않는 듯 보였다. 잠시 눈을 감고 있는 그녀를 숨소리까지 죽여가며 바라봤다. 94세라는 나이가 무색하게 단아한 모습이었다. 한 치의 흐트러짐이 없는 옷매무새와 정갈하게 쪽진 머리는 그녀 앞에 앉은 나까지 경건하게 만들었다. 차를 한 모금 마신 그녀는 이내 작심한 듯 이야기를 이어나갔다.

"장로님이 돌아가시기 한 달 전쯤이었어요. 그런 날 있잖아요. 언제 봄이 오려나 기다리다 어느 날 아침에 일어나니 어느새 봄이 바로 앞에 와 있는 날, 봄 냄새가 물씬 풍기고, 하늘도 높고, 날도 따뜻한 그런 봄날이었죠. 장로님은 툇마루에 앉아 마당에 핀 수선화를 바라보고 있었죠. 저는 장로님 곁에서 차를 따르며 몸을 데워줄 요량으로 작은 담요를 어깨에 둘러줬죠. 장로님은 둘려주는 담요와 함께 나의 손을 잡았어요. 한동안 제 손을 꼭 잡아주셨죠."

"여보, 나는 수선화를 닮을 듯해요. 수선화의 속명인 Narcissus는 그리스 신화에 나오는 미소년인 나르키소스에게서 유래되었다고 해요. 나르키소스는 빼어나게 아름다운 소년으로 남녀 모두 그를 사랑했으나 그는 모두를 싫어했지요. 나르키소스에게 거부당한 어느 요정이 자신이 겪은 것과 똑같이 이루지 못한 사랑의 괴로움을 나르키소스도 겪게 해달라고 소원을 빌었답니다. 이때 요정의 소원을 듣게 된 아프로디테가 요정의 소원을 들어주었어요. 이렇게 하여 나르키소스는 맑은 호수에 비친 자신의 모습을 보고 사랑에 빠지는 벌을 받게 되지요. 물에 비친 자신의 모습에 가까이 다가가면 그 모습이 흐트러져 버리고, 너무 멀리 물러나면 자신의 모습은 이내 사라져버렸답니다. 자신의 모습이 비친 물가에서 떠나지 못한 나르키소스는 결국 물에 빠져 숨을 거두고 말았죠. 여러 요정과 신들은 그의 죽음을 슬퍼하며 나르키소스가 오랫동안 기억되길 바라는 마음에서 그를 아름다운 수선화로 만들었죠. 고개를 숙인 모양을 한 수선화를 보면 나르키소스가 호수를 들여다보는 모습이 연상되지 않나요?

'자기애', '자기주의', '자만', '자아도취'라고 하는 수선화의 꽃말 또한 이 신화 속 이야기에서 비롯되었으니까요."

"그래요, 당신은 수선화를 닮았어요."

"여보, 당신에게 마지막 부탁이 있어요. 당신만이 할 수 있는 일이에요. 제발 못한다고는 말하지 마세요."

"장로님은 가쁜 숨을 뱉으면서 한동안 제 손을 잡고 있었죠. 호흡이 돌아오자 장로님은 천천히 이야기했어요."

"내가 죽거든 최 선생이랑 학원 옆에 가지런히 묻어줘요."

"저는 기가 막혀서 하늘이 무너지는 줄 알았어요."

"어떻게 저에게 이런 부탁을 할 수 있어요? 제가 장로님하고 결혼한 지 38년이 넘었어요. 우리에게 자식이 2남 3녀 다섯이나 있어요. 그런데 자기 무덤을 최 선생 옆에 묻어달라고요? 그럼 저는요? 우리 아이들은요? 참으로 마지막까지 너무하시네요. 꼭 그렇게 하고 싶으세요?"

"샘골교회 이 목사님과 홍 장로님을 찾아뵈면 도와주실 거요. 미리 말씀드려났어요."

"당신은 박동혁이 아니라 김학준이에요. 엄마가 분명 살아있는데 아버지가 소설 속의 여인 옆에 묻혀 있다면 아이들이 받을 상처, 제가 받을 상처는 생각 안 해요?"

"당신 질투하는 거요?"

그녀는 찻잔을 집어 들었다. 떨리는 손이 찻잔을 가볍게 흔들었다. 차를 한 모금 마신 그녀는 호흡을 다듬고 마저 이야기를 이어갔다.

"장로님은 마지막까지 자신만을 사랑했죠. 저는 더 아무 말도 못했어요. 장로님은 그런 사람이었으니까요. 최 선생님이 열일곱 살, 장로님이 열네 살에 교회에서 약혼했다고 했죠. 그 당시 원산 최고 갑부가 최 선생님 댁이었죠. 최 선생님은 2남 3녀의 차녀로 태어나서 세 살 무렵 천연두를 심하게 앓았죠. 거의 죽음 문턱까지 다녀왔다고 했어요. 다행히 살았지만, 얼굴과 정강이까지 마마자국이 심하게 남았죠. 최 선생님에게는 박박 얽은 얼굴과 몸은 어린 시절 극복하기 힘든 트라우마였겠죠. 샘골에서도 곰보 신여성이 별명이었으니까요. 그리고 장로님은 7남매의 4째였고 집은 끼니를 걱정할 정도로 가난했죠. 그런데 둘이 사랑해서 약혼했다? 물론 할 수 있죠. 아무튼 둘은 약혼을 하고 장로님은 바로 일본으로 유학을 갔어요. 그 당시 거금인 60원을 들고 갔죠. 그 돈을 누가 줬을까요? 그리고 일본에서 10년 동안 유학 비용은 누가 줬을까요? 끼니를 걱정할 정도로 가난한 본가에서 보냈을 리는 만무하죠. 최 선생님이 돌아가시기 전에 일본에 오신 적이 있어요. 6개월 정도 있다가 다시 샘골로 들어가셨죠. 그때 최 선생님이 일본에 왜 오신 것 같아요? 제가 듣기로는 최 선생님이 장로님에게 결혼하자고 졸랐다고 하더군요. 장로님은 아직 공부가 남았으니 마치고 결혼하자며 설득하셨고 그래서 최 선생님이 다시 샘골로 돌아간 거죠. 그리고 몇 달 후 최 선생님이 돌아가셨죠. 장로님은 소식을 듣고 샘골로 달려가 입관할 관을 잡으며 울며불며 매달렸죠. 장로님은 알았죠. 더 이상 유학을 할 수 없다는 것을요. 장례를 마치고 장로님은 고향으로 돌아갔죠. 그리고 이 년 정도 지난 37년 5월에 저와 결혼했어요."

"장로님하고는 어떻게 만나셨어요?"

"목사님 소개로 만났죠. 그때 장로님이 함흥 영생학교에서 교사로 재직 중이었는데 혼자 지내기가 만만하지 않았나 봐요. 결혼을 하고 몇 년이 지났을까요? 저는 그때 최 선생님의 존재를 처음 알게 됐어요. 장로님이 조선어학회 사건으로 잡혀 들어가기 전날 밤이었죠. 장로님이 마당에서 무엇인가를 태우고 있는 거예요. 제가 물어보니 그동안 최 선생하고 주고받은 편지들이라고 하더군요. 장로님은 발각되면 더 큰 곤욕을 치러야 한다며 최 선생님과의 관련된 모든 흔적들을 지우신 거죠. 장로님이 잡혀가고 저는 담당 검사님의 집에서 식모 생활을 했어요. 잡혀간 장로님을 위해 제가 뭔가를 해야 했는데 할 줄 아는 것이 살림뿐이니 방법이 없었죠."

약혼자의 무덤

"그러면 언제 '박동혁이 김학준이다'라고 밝히신 거죠?"

"소설 상록수가 나올 때도 장로님은 모르는 척 가만히 계셨어요. 그러다 61년에 심상옥 감독과 최은희가 주연한 영화 상록수가 개봉이 되었죠. 그때 박정희 대통령도 영화를 관람하고, 온 나라가 영화 상록수로 들썩일 때 장로님이 '내가 박동혁이다.' 하며 나오신 거죠."

그녀는 이제 눈물도 나지 않는다며 작은 손수건으로 눈 밑을 연신 찍고 있었다. 테이블 위에 앨범을 한 장, 한 장 넘겨보다 앨범을 나에게 밀었다.

"61년에 처음으로 간 샘골에서 찍은 사진들이에요. 많은 사람이 나오죠. 이분이 최직순 교수님이세요. 이화여대 교수셨는데 샘골에서 기거하며 아이들에게 영어도 가르치시고 신문보도에 모금 운동까지 조카의 상록수 정신을 살리려고 큰 노력을 하셨죠. 루씨동문회에서는 최 교수의 강권에 어쩔 수 없이 모금에 참여했다고 하소연이 나올 정도로 열심히 하셨죠. 최 교수님이 장로님보다 더 주목받아야 하는데 안타깝죠. 물론 장로님도 학원 이사장을 맡으시며 열심히 하셨죠."

"여사님께서 약혼자의 무덤을 직접 만드셨는데 반대는 없었나요?"

"난리가 났죠. 원산 루씨동창회 회장, 총무하고 광주까지 찾아와서 우리 집에서 하룻밤 자고 날 데리고 올라간 거예요. 루씨동창회 모임에 데리고 가서 나를 가운데 두고 난리가 났죠. 이북 여자들 얼마나 극성스러워요. 나를 공격하는데 도둑질했다고, 기증한 땅에 묻었으니 파내라는 거예요. 이장 안 하면 자신들이 파낸다고 난리가 났죠. 그래서 제가 말했어요. 그럼 파내세요. 미망인이 있는데 동의 없이 파내면 무슨 죄에 걸리는 줄 아세요. 그렇게 싸우다 제가 미국으로 건너갔어요."

"아시는지 모르겠지만 지금 한국에서는 김학준 교수의 묘를 이장해야 한다는 목소리가 나오고 있는데 어떻게 생각하세요?"

"저는 할 말이 없어요. 그분의 유언을 따랐을 뿐이에요."

"그럼 여사님은 부인과 자식이 있는 남자를 약혼자라는 이름으로 다른 여자 옆에 합장하는 것이 옳았다고 생각하세요?"

"만일에 똑같은 상황에서 최용신 선생이 남자였고, 약혼자가 여자였다면 '과거 약혼한 사이로 총각으로 돌아가신 최용신 선생 묘소 옆에 묻어달라.'고 유언을 했다고 해봐요. 2남 3녀의 아버지인 남편이 부인의 유언을 존중하여 옛 남자 약혼자 옆에 나란히 합장했다. 있을 수 없는 일이죠. 아마 그랬다면 아마 남자 창피 다 시켰다고 할 것입니다. 그때 세상이 그랬어요."

"저도 여사님 말씀대로 그렇게 생각해요. 결과적으로 합장이 여성운동의 선각자인 최용신 선생님을 봉건적인 남성 중심의 문화에 덧씌워버렸죠. 합장으로 인해 최용신 정신은 없어지고, 소설 속 로맨스만 남았으니까요. 여사님 말씀 잘 들었습니다. 제가 궁금했던 부분들이 많이 풀렸습니다. 약속대로 이 이야기는 저만 알고 있겠습니다. 이 사진은 최근 묘소 사진이에요. 두고 가겠습니다."

"가지고 가세요. 보고 싶지 않아요. 장로님은 그곳에서 잘 계시리라 봐요."

처음으로 두 개의 무덤을 봤을 때 김학준이 약혼자 최용신을 사랑했으며, 그의 뜻을 받들어 농촌사업에 투신하였는가 아니면 단지 소설 또는 영화 속의 주인공이 되고 싶었을까 그것이 궁금했다. 상록수에는 최용신과 김학준만이 있을 뿐 길금복 여사와 자식들은 어디에도 없었다. 그것이 마음에 걸리고 아팠다. 상록수 그늘 속에서 그들의 삶은 얼마나 힘들었을까? 그녀의 마지막 한마디 "그때 세상이 그랬어요."라는 말에 나는 말없이 고개를 끄덕였다. 시간이 많이 흘렀지만 그때와 별반 달라지지 않은 지금이 나의 잘못처럼 그녀에게 미안했다. 김학준이 최용신을 사랑했는지 농촌사업에 투신했는지는 이제 관심도 없다. 다만 길금복 여사에게 보낸 차가운 시선만큼은 이제는 거둬주길 바랄 뿐이다. 굳이 페미니즘을 말하고 싶지 않다. 길금복 여사의 아픔은 우리의 어머니, 우리의 부인, 우리의 딸의 아픔일 수도 있다는 것을 잊지 말아야 한다. 여사님과 인터뷰 전에 오늘 나눈 이야기는 'off the record'로 진행할 것을 약속했다. 그래서 지금까지 내가 쓴 글은 오직 나만을 위한 넋두리며, 소설이 될 것이다. 그래도 김학준은 상록수의 약혼자로 지금 최용신의 묘 옆에 누워 있다. 그것만이 변하지 않는 진실이었다.

. . .

그때였다. 아주 짧은 순간 반짝하며 생긴 작은 불이 갑자기 큰불로 변하며 옥상에 천사가 나타났다. 그리고 잠시 후 천사는 옥상을 떠나 하늘을 날고 있었다. 밝은 빛에 쌓인 천사는 하늘에서 땅으로 내려오고 있었다. 사람들은 천사를 보며 환호하며 달려갔다. 그때, 내가 할 수 있는 일은 오직 하나, 하늘에서 내려오는 천사를 향해 손을 흔드는 것뿐이었다.

천사 날다

천사 날다

　천사를 봤다. 하늘에서 춤을 추듯 천사가 내려오고 있었다. 밝은 빛에 쌓인 천사는 손을 흔들며 하늘에서 땅으로 내려오고 있었다. 천사는 턱수염이 지저분했고, 머리도 덥수룩했다. 낡은 작업복 차림의 천사는 십오 층 아파트 현장 꼭대기에서 아래로 내려왔다. 어른들은 소리를 지르며 천사를 향해 달려갔다. 하지만 나는 우두커니 천사를 바라보며 눈을 맞추고 방긋 웃었다. 물론 손을 흔드는 것도 잊지 않았다.

　전쟁이 끝나고 고향을 잃은 사람들이 산비탈에 옹기종기 모여 살기 시작한 동네, 산 중턱에는 꽃잎이 동동 떠다니는 우물이 있는 곳, 우리 동네는 화정동이다. 시간이 지나 무허가 판잣집들은 조금씩 구색을 갖춘 집들로 변했지만 그래도 산비탈에 허름한 집들이 모여 있는 화정동을 사람들은 '화적동', '달동네', '판자촌'으로 불렀다. 그 이름들이 무엇을 뜻하는지 자세히 알 수는 없지만 결코 좋은 말이 아니라는 것쯤은 어린 나도 알 수 있었다. 하지만 나는 우리 동네가 좋았다. 아무 집이나 들어가 "아줌마, 밥 좀 줘요." 하면 밥을 주고, "아줌마, 물 좀 줘요." 하면 물을 줬다.

"야들아, 퍼뜩 와서 묵고 놀그라."

우리는 소리가 나는 곳으로 우르르 달려가 여름에는 옥수수를, 겨울에는 고구마를 먹었다. 담조차 없는 집들이 많았다. 고개만 돌려도 방 안이 보이는 집들이었다. 어른들은 밥을 먹다 지나가는 사람들과 눈이 마주치면 손짓을 하며 불렀다. 눈이 마주친 사람들은 뒤통수를 긁적이며 무심한 척 들어가 밥을 얻어먹고, 술을 나눴다. 우리들은 골목에서 골목으로 뛰어다녔다. 그렇게 놀다 보면 가끔 길을 잃은 어른들을 만났다. 넥타이에 양복을 입은 아저씨와 뾰족구두를 신은 아주머니들이 길을 잃고 쩔쩔매고 있는 모습에 우리는 얼굴을 돌리며 웃었다. 그들은 큰길로 내려가는 골목을 바로 코앞에 두고도 땀을 뻘뻘 흘리면서 같은 골목을 몇 번씩 돌고 있었다. 동네에서 하나밖에 없는 제일상회 앞에는 커다란 평상이 있었다. 그 평상에는 출근 도장을 찍는 김씨 아저씨가 매일 있었다. 김씨 아저씨는 평상에 앉아 소금에 막걸리를 마셨다. 지나가는 사람들과 눈인사를 나누던 김씨 아저씨는 길 잃은 사람들에게 탄광에서 얻은 시커먼 가래를 뱉으며 말을 했다.

"우리 동네는 들어오기는 쉬워도 나가기는 어려운 곳이야, 제

기랄, 죽으면 가마나 타고 나갈 수 있을까? 당신들도 죽으면 나갈 수 있을 거야."

 길 잃은 어른들을 큰길로 나가는 골목까지 배웅을 하면 어김없이 고맙다며 오백 원 지폐를 꺼내 호주머니에 꾹 찔러줬다. 그리고 동네를 향해 누런 가래침을 김씨 아저씨보다 더 시원하게 뱉었다.

 "넌 공부 열심히 해서 이 동네를 빨리 떠. 어디 여기가 사람 살 곳이니?"

 요즘 들어 우리 동네에 길 잃은 아저씨, 아줌마들이 점점 늘어났다. 동네 사람들은 제일상회 앞 평상에서 밤늦도록 이야기를 나눴다. 꼭 학교 반장선거처럼 반장을 뽑기도 했다. 어제는 아무도 없는 빈집에 불이 나기도 했고, 죽은 고양이가 마당에 떨어져 있었다. 골목 담장과 대문에는 '철거 예정'이라는 붉은 글씨가 번호와 함께 적혀 있었다. 동네 사람들은 제일상회 평상 위에서 밤마다 술을 마셨다. 간혹 소리를 지르며 싸움도 했다. 아빠도 일을 마치면 씻지도 않고 제일상회로 가 밤새 이야기를 듣고, 지친 모습으로 집에 돌아왔다.

 "아들, 가서 아버지 모셔 와. 다 밥 먹자고 하는 일인데 밥은 먹고 해야지. 안 온다고 해도 꼭 모셔 와야 한다. 알았지."

아빠는 집에 가자고 보채는 내 손을 뿌리쳐가며 제일상회 앞에서 사람들이 하는 말을 조심조심 듣고 있었다.

"이렇게 당할 수는 없어. 무허가가 무슨 죄야. 무허가에 사는 사람은 사람도 아니냐고? 이사비용만 주고 나가라고 하면 도대체 어디로 가란 말이야."
"일단, 주민 대표부터 뽑고 이야기하자고. 젠장, 이런 일을 겪어봤어야 알지. 땅주인들은 벌써 땅 팔고 떠버렸으니 누구에게 말을 해야 하는지도 모르겠고 에이, 십팔놈의 세상, 좆같아서 못 살겠다."

처음에는 동네 어른들에게 우리만 혼났다. 불장난을 하지 않았는데도 우리가 범인인 양 야단을 쳤다. 우리들은 너무 억울했다. 물론 우리가 놀면서 불장난을 한 번도 하지 않은 것은 아니었다. 그래도 집까지 태울 정도의 불장난을 하면 안 된다는 것쯤은 어린 우리도 잘 알고 있었다. 동네 아저씨들은 제일상회 평상에 모여 빈집 방화 사건에 관하여 두부에 소주를 마시며 이야기하고 있었다.

"쌍놈의 동사무소 직원들이 빈집을 골라 불을 내는겨, 내가 다 알지, 그놈들은 이 동네가 없어지길 집 나간 마누라가 돌아오기보다 더 기다릴걸, 개새끼들, 지그들은 거북이야? 날 때부터 집을 등에 업고 나온 거여 뭐여, 그깟 집 하나 없다고 사람을 그리 막 대해도 되는겨, 개새끼들."

곰보 아저씨는 동사무소를 향해 힘껏 팔이 부서져라 감자를 먹였다. 작년 여름 동사무소 직원들이 바퀴벌레마냥 떼를 지어 몰려와 지은 지 얼마 안 된 곰보 아저씨 집을 무너뜨렸다. 곰보 아저씨는 다시 집을 지을 때까지, 시간상으로는 여름에서 가을이 올 때까지, 거적 같은 텐트 속에서 다섯 식구가 살았다. 아마 그 일 때문이었을 것이다. 곰보 아저씨는 동사무소를 비롯한 파출소 그 밖의 모든 관공서 앞에 오줌을 갈기고, 침을 뱉고, 돌을 던져 유리창을 깨는 아저씨만의 화풀이를 했다. 그 일로 며칠씩 경찰서에서 구류를 살기도 했다.

"내가 공사장에서 전기를 만져서 좀 아는데 빈집에 불이 나는 건 구십구 프로 전기 누전이야."

공사장에서 전기 데모도로 전기줄만 들고 다니는 정씨 아저씨는 전기 누전으로 불이 날 수도 있다며 아는 척을 했다.

"아니지, 아니야, 자네들이 세상 돌아가는 것을 몰라서 하는 소리여."

박씨 아저씨는 소주 한 잔을 입에 탁 털어놓고, 쉰 김치를 맛나게 찢어 시커먼 손가락으로 집어 입 안에 넣었다. 손에 묻은 김치 국물은 평상에 쓱 문지르며 이야기를 했다.

"아랫동네에 아파트가 들어선다는 이야기 들었는감, 그거여,

아파트가 들어서면 우리 동네를 질러 도로가 생길 거라네. 내 생각에는 아랫동네 재개발 대표인 김 사장 짓이야. 그놈이 깡패들을 시켜서 일부러 불을 냈을 거여."

박씨 아저씨는 일제 강점기 때 소학교도 졸업하고, 일본말도 곧잘하는 나름대로 동네에서는 존경받는 어른이었다.

"아랫동네는 벌써 아파트가 꽤 올라갔던데. 듣기로는 십오 층 아파트가 열 개가 넘게 들어온다는디. 씨팔놈의 세상, 그럼 우린 어디 가서 살라고 그러는 겨, 그려, 우리도 똑같이 하자고. 김 사장 집을 확 불 살러버리자고. 그만들 처먹고 가자고, 불을 확 질러버리러."

김 사장의 사주를 받은 깡패들이 우리 동네에 큰길을 만들기 위해 일부러 불을 지른다며 그 집에 똑같이 불을 내자는 이씨 아저씨였다. 제일 상회 근처에는 아저씨들 외에도 골목 입구에 옹기종기 아줌마들도 모여 있었다. 아줌마들은 서로 소곤소곤 이야기를 하며 듣다 마음에 드는 이야기가 나오면 박수를 쳤다. 이씨 아저씨 말에 '옳소'와 박수소리가 터져 나왔다. 으쓱해진 이씨 아저씨는 의기양양하게 소리를 쳤다.

"우리가 가만히 있으면 가마니가 되고, 여기 앉아서 나중에 보자, 보자 하면 보자기가 되는 거여. 그러니까 말 좀 그만하고 뭐라도 하자고."

또다시 아줌마들의 박수소리가 들렸다. 평상 옆에 쪼그리고 앉아 이야기를 듣던 우리들도 아줌마들과 함께 뜬금없이 같이 박수를 쳤다.

우리도 어른들처럼 이야기를 했다. 우선 학교에서 줄반장을 하고 있는 내가 만장일치로 반장으로 뽑혔다. 우리는 누가 불을 냈을까 하는 이야기를 한 명씩 돌아가며 들었다. 모두의 이야기를 듣고 나서 동사무소 직원이 불을 냈다는 김씨 아저씨 이야기와 전기 누전으로 불이 났다는 정씨 아저씨 이야기는 빼기로 했다. 동사무소 아저씨들이 가끔 몰려와 집을 부셔버린 경우도 있었지만, 명절 때면 라면이나 밀가루를 나눠주기도 했기 때문이다. 그리고 전기 누전으로 불이 날 수도 있다는 것을 창식이네 집에 모인 어떤 아이도 이해하지 못했다. 환한 빛만 내는 알전구가 어떻게 뜨거운 불이 될 수 있는지 어느 누구도 설명할 수 없었기에 빼는 것에 다 찬성을 했다. 도깨비불을 봤다며 우리 동네의 빈집 방화 사건의 주범은 도깨비라 우기는 봉구 이야기도 빼기로 했다. 하지만 봉구가 울면서 할머니까지 모셔왔다. 봉구 할머니는 봉구의 말이 사실이며 할머니도 도깨비를 본 적이 있다고 했다. 도깨비불이 진짜 있다는 봉구 할머니 말에 어쩔 수 없이 봉구의 이야기를 끼워주기로 했다. 춘기와 용준이는 말도 안 되는 도깨비불이 포함된다면 자기 아버지가 말한 것도 포함돼야 한다며 벌떡 일어났다. 반장으로서 봉구 이야기를 들어준 것이 실수였다. 어쩔 수 없이 모두 포함해서 1, 동사무소. 2, 알전구. 3, 김 사장. 4, 도깨비를 갖고 투표를 했다. 사실 결론은 이미 나왔지만 창식의 집에 모인 우리들은 비밀 투표를 했다. 깍두기공책을 여덟 등분으로 나눠 각자 한 장씩 갖고 서로 등을 돌려 누가 볼까 숨겨가며 투표를 했다. 글을 모르는 내 동생은 내가 대신 써주기로 했다. 나는 김 사장이라 썼다.

"형, 범인은 도깨비가 확실해, 아까 봉구 할머니가 그랬잖아, 도깨비가 사람들 약 올리려고 집에 불을 낸다고. 난 도깨비가 한 짓이라고 봐."

동생은 도깨비라 써달라고 했지만 나는 입으로 도, 깨, 비라고 말하며 쓰기는 김 사장이라고 썼다. 투표 결과 김 사장 다섯 표와 도깨비 한 표, 동사무소 한 표, 알전구 한 표. 처음에 모두 빼기로 했던 동사무소와 알전구를 쓴 용지를 읽었을 때 우리는 모두 웃었다. 자기 아버지의 주장을 끝까지 쓴 춘기와 용준이는 얼굴이 빨개졌다. 도깨비는 물론 봉구가 썼을 것이고, 동생은 자기가 썼다고 믿고 있을 것이다.

빈집 방화 사건이 있은 후로 아저씨들은 교대로 동네를 돌며 순찰을 했다. 순찰을 하는 순번에 드는 날은 일을 쉬어야 했기에 일을 한 아저씨들이 돈을 얼마씩 걷어줬다. 하지만 순찰비는 바로 제일상회 앞 평상에서 받아 제일상회로 바로 들어갔다. 순찰비를 집으로 가지고 들어가는 아저씨는 아무도 없었다. 그래서 나는 빈집 방화 사건의 범인은 제일상회 아저씨가 아닐까 의심을 했다. 불이 난 이후로 항상 싱글벙글하시는 아저씨가 의심스럽기는 했지만 조금 더 생각해보니 동네가 다 불타 없어지면 아저씨도 망할 것이라는 생각이 들었다. 다만 매일 가게 앞에서 술판이 벌어지니 좋아서 싱글벙글했던 것 같다. 아저씨들이 동네 순찰을 돈 지 며칠 후, 빈집 방화 사건의 범인이 잡혔다. 창식이네 집에 불을 던져 넣으려는 깡패를 순찰을 돌던 동네 아저씨들이 잡았다. 범인은 제일상회 앞에 무릎을 꿇고, 동네 아저씨들은 그 주위를 빙 돌아섰다. 큰아빠가 앞에 나섰다.

"누가 시켰어?"

범인은 손가락을 들어 아파트 현장을 가리켰다.

"김 사장?"

범인은 말없이 고개를 끄덕였다.

"이제까지 불이 난 거 다 김 사장 짓이지?"

범인은 또다시 말없이 고개를 끄덕였다. 범인을 둘러섰던 동네 아저씨들은 범인의 고개가 끄덕이자 동시에 발길질을 했다. 내가 생각한 대로 범인은 김 사장이었다. 그래서 난 내 동생의 용지에 도깨비라고 입으로 말하면서까지 김 사장이라고 썼던 것이었다. 동네 아저씨들이 수사반장처럼 범인을 심문하고 있을 때였다. 진짜 수사반장이 경찰들을 데리고 김 사장과 함께 동네로 올라왔다. 수사반장은 가슴에 권총을 차고 있었다. 아니 권총을 보여줄 양으로 바바리코트를 자주 펄럭거렸다. 바바리코트가 펄럭일 때마다 권총이 보였고, 권총이 보일 때마다 동네 아저씨들은 한 발짝, 한 발짝 뒤로 물러났다. 수사반장은 범인의 상태를 살펴보다 동네 아저씨들을 둘러봤다.

"사람을 아주 죽이려고 작정을 했구만. 뭐해? 다 연행해."

'연행해'라는 수사반장 목소리에 경찰들은 동네 아저씨들을 방망이로 때려가며 끌고 내려갔다. 그 자리에 있던 아이와 노인을 제외한 모든 사람들이 경찰들의 몽둥이와 함께 순식간에 사라졌다. 잡혀간 동네 사람들은 다음날 오후 늦게 동네로 돌아왔다. 그리고 불을 던지려다 잡힌 그 깡패는 며칠이 지난 후 제일상회 평상에 앉아 있었다. 동료 깡패들과 낮술을 마시며 지나가는 사람들에게 욕을 하고, 침을 뱉었다. 지나가는 아줌마들에게 짓궂은 장난과 농을 던졌다. 제일상회 아저씨는 가게 문을 닫고 들어가는 날이 점점 늘어갔다. 아저씨들은 순찰을 두 명에서 네 명으로 늘려 깡패들과 매일 싸웠다. 동네로 들어오는 좁은 골목에는 늘 덩치 큰 깡패들과 동네 아저씨들이 있었다. 그들이 골목을 막아서고 있으니 들어오는 사람도, 나가는 사람도 두려움에 떨 뿐이었다.

우리도 가만히 있을 수가 없었다. 화정동 오형제라는 비밀 조직을 만들기로 했다. 어떻게 싸울 것인가? 우리는 이야기한 끝에 똥으로 승부를 걸기로 했다. 왜 하필 더럽고 냄새나는 똥이냐며 창식이는 반대를 했다. 나는 아빠에게 들은 이야기지만 내가 생각해서 하는 것처럼 폼을 잡고 이야기했다.

"똥이란 더러운 것이 아니야. 부자가 아무리 비싸고 맛있는 음식을 먹어도 똥을 싸지. 우리처럼 김치에 꽁보리밥을 먹어도 똥을 싸지. 똥은 평등이야. 그래서 우리는 평등의 상징인 똥으로 깡패 녀석들을 응징해야 한다."

내가 두 주먹 불끈 쥐고 응징이라는 단어에 힘을 주어 말할 때 나를 바라보는 아이들의 눈빛에서 존경과 부러움을 느낄 수 있었다. 그때 창식이가 갑자기 물었다.

"근데 응징이 무슨 뜻이야?"

응징이 무슨 뜻인지 난 정확히 알 수 없지만 일곱 명의 아이들의 존경의 시선을 받는 내가 모른다고 할 수 없었다.

"응징은 '응' 하는 신음소리가 날 때까지 '징'하게 때린다는 뜻이지."

우리 조직의 일 차 목표는 깡패들이 모여 있던 제일상회 앞 평상과 동네 길목이었다. 동생들을 시켜 평상 위에 똥을 싸놓고, 깡패들이 서 있는 골목마다 똥을 뿌렸다. 그리고 공중화장실에서 묽은 똥을 종이봉투에 넣어 똥폭탄을 만들었다. 깡패가 지나가는 길목에 숨어 있다 깡패들에게 똥폭탄을 던지고 달아났다. 며칠이 지나자 깡패들은 골목에 얼씬도 안 했다. 어디서 순식간에 똥폭탄이 날아올지 모르기 때문이었다. 그러던 어느 날이었다. 바보 같은 창식이가 폭탄을 던지려다 미끄러져 자신이 똥폭탄을 뒤집어썼다.

"요놈 봐라."

똥범벅이 된 창식이 얼굴 위에 눈물과 콧물이 또다시 범벅이 될 때까지 깡패들에게 뺨을 맞았다. 똥과 눈물과 콧물이 범벅이 된 창식이가 깡패들 앞에 서서 화정동 오형제의 본부로 들어왔을 때를 나는 지금까지 잊지 못한다. 창식이의 손끝에서 대장으로 지목된 나는 창식이보다 더 맞았다.

"너희들, 골목에서 마주치면 그때는 아주 작살이 날 줄 알아. 특히 너, 조심해."

우리는 화정동 오형제를 만들 때, 혹 잡히더라도 오형제를 배신하지 않기로 바늘을 찔러 피로 약속을 했었다. 그런데 창식이가 귀싸대기 단 한 방에 우리 오형제를 술술 불어 똥폭탄을 몇 번 던지지도 못하고 화정동 오형제는 해산되는 아픔을 갖게 됐다. 그 일 이후 우리는 골목에서 놀지 못했다.

창식이네 집 방화 미수 사건 이후 김 사장은 사람이 살지 않는 집들을 허물기 시작했다. 하나, 둘 빈집들이 허물어지자 아저씨들은 더 이상 순찰을 돌지 않았다. 범인을 잡아 경찰에 신고를 해도 다음날, 제일상회 평상에 누워 있는 깡패들을 보며 누가 순찰을 돌려 할까? 거기다 이제는 빈집들이 하나, 둘씩 무너져 가자 동네 사람들은 동네를 지키는 것을 포기했다. 적으나마 이사 비용을 받고 나간 빈집들이 하루가 다르게 점점 늘어갔다. 아저씨들이 순찰을 돌지 않자 동네는 무법천지가 됐다. 깡패들은 지나가는 사람 누구나 시비를 걸어 두들겨 팼다.

"거기 지나가는 여학생, 잠깐 스톱. 어허, 스톱. 고등학교 몇 학년? 오빠가 물으면 대답을 해야지. 다름이 아니라 여학생 치마가 그렇게 짧으면 안 돼. 팬티가 다 보이잖아."

깡패들은 미경 누나를 가운데 놓고 둘러섰다. 치마를 들척이며 팬티가 보인다고 놀렸다. 미경 누나는 울먹이며 치마를 잡고 있었지만 깡패들의 완력에 미경 누나의 치마는 찢어졌다. 미경 누나뿐만이 아니었다. 새댁 누나도, 창식이 누나도 깡패들에게 당했다. 새댁 누나는 깡패들이 가슴을 마구 만졌다. 창식이 누나는 깡패들이 엉덩이를 주무르고, 찰싹 소리가 나게 때렸다. 동네는 더 이상 사람이 살 수 있는 곳이 아니었다. 이제는 어느 집이나 들어가서 밥을 달라고 또는 물을 달라고 하지 못했다. 동네의 모든 집들이 문을 걸어 잠갔기 때문이었다. 우리도 똥폭탄 사건 이후 첩보영화를 찍듯이 깡패들의 눈을 피해 숨어 다녀야만 했다. 달이 없는 밤에는 어김없이 불이 났다. 사람이 살고 있는 집 마당에 또는 지붕에 불덩이가 떨어졌다. 어제도 봉구네 집에 불이 났다. 봉구 아저씨는 김 사장 집으로 식칼을 들고 뛰어 내려갔다. 김 사장 집으로 달려간 봉구 아저씨는 김 사장의 그림자도 보지도 못했다. 김 사장 집 앞을 지키는 깡패들에게 이빨 두 대와 갈비뼈 석 대가 부러지고, 얼굴은 피범벅이 되어 병원이 아닌 경찰서로 잡혀갔다.

언제부터인지 동네에 중장비 소리가 끊이지 않고 들렸다. 멀리서 들리던 소리가 점점 크게 가깝게 들려왔다. 포클레인이 밑에서부터 조금씩 올라오고 있었다. 올라오는 속도와 더불어 빈 집들이 하나, 둘 사라지기 시작했다. 창식이네 집도, 정이네 집도, 포클레인 이빨에 흔적도 없이 사라졌다. 사라진 집과 함께 우리의 추억도 사라졌다. 내가 좋아하는 정이도 이사를 갔다. 정이가 이사 가는 날 우리는 다음에 꼭 다시 만나 결혼하기로 약속을 했다. 그 증표로 빨간 색연필을 하나 부러뜨려 서로 나눠 가졌다. 제일상회가 문을 닫고 이사 가는 날 엄마, 아빠는 밤이 늦도록 잠을 이루지 못했다. 엄마의 낮은 울음소리를 잠결에 들은 것도 같았다. 그렇게 화정동의 가을은 집집마다 낮게 들리는 울음소리와 함께 저물어갔다.

밤안개가 두텁게 드리워진 날, 경자 누나는 밤이 늦도록 집에 들어오지 않았다. 경자 누나는 아빠와 같이 일을 하는 십장 아저씨의 큰딸이었다. 십장 아저씨를 우리 가족은 큰아버지라고 불렀다. 아무튼 기억은 나지 않지만 내가 어릴 때 경자 누나 가슴을 엄마 가슴보다 더 많이 만졌다고 했다. 내가 국민학교에 들어가던 날 경자 누나는 용돈을 모아 색연필을 사줬다. 그 열두 색 색연필은 빨간 색연필만 두 동강이 난 채 지금까지 간직하고 있다. 그러고 보면 나의 첫사랑은 정이가 아닌 경자 누나였는지도 모르겠다. 그런 경자 누나가 순찰을 돌던 아저씨들에게 발견되었다. 경자 누나는 알몸으로 얼굴과 몸에 멍이 시퍼렇게 든 채로 빈집에 버려져 있었다고 한다. 엄마와 함께 큰아빠 집으로 달려갔다. 마당에는 큰엄마가 넋을 놓고 울고 있었다. 방에는 누나가 암탉과 병아리가 마당에서 놀고 있는 그림이 그려진 밍크이불을 머리까지 덮고 누워 있었다.

"형님, 설마 경자가 죽었어요?"
"차라리 죽는 게 낫지. 이제 어찌 사나?"

큰엄마는 집 마당을 이리저리 굴러다니고 있었다. 옷을 찢어가며 늑대마냥 소리를 질렀다. 흙바닥을 얼마나 긁었는지 손톱이 깨져 손에 피가 흥건했다. 큰엄마의 울음소리는 동네를 돌고 돌아 아랫동네로 흘러갔다. 동네 아줌마들은 큰엄마와 같이 울고, 아저씨들은 아파트 현장의 크레인을 바라보며 눈물을 삼켰다. 그날 밤만큼은 깡패 그림자 하나 보이지 않았다. 마당에서 서성이던 큰아빠가 집에 굴러다니는 각목 하나를 들고 동네를 내려갔다. 그 뒤를 따라 아빠도, 몸이 성치 않은 봉구 아저씨도 따라 내려갔다. 골목에서 서성이던 동네 아저씨들은 하나같이 몽둥이를 찾아 들고 뒤를 따랐다. 엄마가 다급하게 말했다.

"아빠 옆에서 다리를 잡고 있든지, 팔을 잡고 있든지 무조건 아빠와 같이 있어, 떨어지면 안 돼, 알았지."
"무서워, 엄마."
"엄마도 무서워, 하지만 아들이 아빠를 지켜야지. 어서 가!"

동네 아저씨들의 뒤를 따라 아랫마을로 내려갔다. 몇몇 동네 사람들은 김 사장 집으로 몰려갔다. 또 몇몇은 깡패들이 모여 있는 공사장 합숙소로 달려갔다. 나는 아빠가 어디로 갔는지 몰랐다. 앞서 걷는 아저씨를 따라간 곳은 김 사장 집이었다. 김 사장 집에는 인기척이 없었다. 불도 다 꺼진 상태였다. 집 앞을 서성이던 아저씨들이 반짝이는 검정색 자가용을 봤다.

"이 차, 김 사장 차지?"
"김 사장 차 맞네."

잠시 후, 집 앞에 있던 김 사장의 검은 자가용은 동네 아저씨들의 각목과 망치로 그 형체를 알아볼 수가 없게 되었다. 김 사장 집 근처에 옹기종기 모여든 아랫마을 사람들은 이야기를 들었는지, 아니면 우리가 무서웠는지, 아무도 말리지 않았다. 그때, 아파트 공사장에서 검은 연기가 하늘로 솟았다. 동네 아저씨들은 검은 연기를 보자마자 공사장으로 뛰기 시작했다. 나도 아저씨들과 같이 뛰었다. 멀리서 사이렌 소리가 들려왔다. 공사장 입구에는 양복을 입은 깡패들이 서 있었다. 손에는 야구방망이, 쇠파이프가 들려 있었다. 깡패들은 출입구를 잠그고, 들어가려는 사람들에게 야구방망이를 휘둘렀다. 동네 아저씨들 역시 각목을 휘두르며 공사장 안으로 들어가려 했다. 공사장 안에는 아빠가 있을 것이다. 나는 공사장을 빙글빙글 돌며 들어갈 만한 곳을 찾았다. 철책과 철책 사이에 작은 개구멍으로 기어들어 갔다. 합숙소 근처에서 깡패들과 대치하고 있는 아빠가 보였다. 봉구 아저씨, 큰아빠, 동네 아저씨들도 있었다. 나는 아빠에게 달려가 아빠의 팔을 잡았다. 아빠가 "여기 왜 왔어? 엄마에게 가 있어." 하며 나를 힘껏 떠밀었다. 하지만 나는 아빠 곁을 떠날 수 없었다. 나는 아빠의 다리를 잡고 매달렸다. 아빠는 주저앉아 이야기했다.

"아들, 잘 들어. 넌, 우리 집 장남이야. 아빠 대신 엄마를 지켜야지. 여기는 위험해. 어서 가."

"엄마가 아빠 곁에 있으라고 했어."

"아빠는 큰아빠를 지켜야 돼. 아니, 우리 동네를 지켜야 해. 너는 엄마와 동생들을 지켜."

나는 아빠를 지키라는 엄마의 말과 엄마를 지키라는 아빠의 말에 어떻게 해야 할지 몰라 엉거주춤 눈물만 흘렸다. 내 나이가 아직 어려서일까 둘 다 중요하고, 똑같은 말처럼 들렸다. 아빠는 주머니에서 돈을 꺼내 내 손에 꼭 쥐어줬다.

"그럼, 엄마에게 전해주고 다시 와. 알았지."

나는 고개를 끄덕이며 돈을 쥔 손에 힘을 주고 엄마에게 뛰기 시작했다. 깡패들을 피해 공사장을 빙 돌아 조금 전에 들어왔던 개구멍을 통해 나갔다. 정신없이 달려 엄마에게 아빠가 준 돈을 드렸다. 엄마는 막내를 업고 발을 동동거리다 허겁지겁 달려온 나에게 등짝을 때려가며 화를 냈다.

"아빠 곁에 있으라니까 왜 왔어? 아빠를 꼭 잡고 있어, 알았지? 어서 가. 우리 아들 잘할 수 있지? 네가 곁에 있어야 아빠가 살아, 어서."

엄마에게 맞은 등짝이 아팠지만 차마 엄마 앞에서 울지 못했다. 나는 다시 아빠에게 달려갔다. 골목을 뛰어 내려가다 그만 신발이 벗겨지며 앞으로 넘어졌다. 데굴데굴 골목을 굴렀다. 벌떡 일어나 골목을 뛰어 내려가다 운동화 생각이 났다. 아빠가 운동회에서 일등 하라고 사준 새 운동화였다. 운동화를 찾으려면 골목을 다시 올라가야 했다. 넘어졌던 골목을 향해 조금 올라가다 포기했다. 운동화보다 아빠가 더 걱정이 됐다. 이내 눈물을 훔치고 맨발로 아파트 공사장으로 달려갔다. 그때, 멀리 공사장 안에서 비명소리가 들렸다. 싸우는 소리가 들렸다. 욕짓거리가 들렸다. 공사장 출입구에는 이제 깡패 대신 경찰들이 지키고 있었다. 지켜보던 동네 사람들은 비명소리에 경찰들을 밀어붙이고 있었다. 나는 경찰들이 동네 사람들을 막아서느라 정신없는 틈을 타 공사장 안으로 기어 들어갔다. 아빠에게 가는 길 곳곳에 동네 아저씨들이 쓰러져 있었다. 쓰러진 아저씨들을 경찰들이 질질 끌고 호송차에 태웠다. 공사 중인 아파트로 올라간 아저씨들과 깡패들이 서로 벽돌을 던지며 싸우고 있었다. 그 모습을 경찰들은 밑에서 보고만 있었다. 소방관 역시 멀리서 바라만 보고 있었다. 병원차도 공사장 입구에 서 있기만 했다. 어느 누구도 동네 아저씨와 함께하지 않았다. 구경만 했다.

십오 층 뼈대만 올라간 공사 중인 아파트 계단을 따라 깡패들이 줄줄이 올라가고 있었다. 아파트 위에서 동네 아저씨들이 불붙은 나무들과 벽돌을 밑으로 던졌다. 수적으로 우세한 깡패들은 방패로 막으며 조금씩 올라가고 있었다. 동네 아저씨들이 점점 사 층에서 오 층으로, 칠 층에서 팔 층으로 계속 밀려 올라가고 있었다. 아빠는 어디에 있는지 보이지 않았다. 그것이 다행인지 불행인지 모르겠다. 어느새 밀리고 밀려 올라간 아파트 옥상에는 몇몇 아저씨들만 남아 있었다. 봉구 아저씨는 중간에서 잡혀 경찰들에게 질질 끌려가며 힘껏 소리쳤다.

"야, 이 개새끼들아!"

순간 날아오는 경찰들의 방망이와 발길질에 아저씨는 허리를 접고 쓰러졌다. 쓰러진 봉구 아저씨는 더 이상 아무 말 하지 못했다. 경찰들은 아저씨의 머리채를 잡고 질질 끌며 호송차에 던져버렸다. 공사장 안으로 들어가지 못한 동네 사람들은 경찰들을 향해 욕을 하며 돌을 던졌다. 공사장을 사이에 두고 터져 나오는 동네 사람들의 울음소리는 밤하늘을 가득 덮었다. 그 모습을 아랫마을 사람들은 팔짱을 끼고, 혀를 차며 구경하고 있었다.

"자, 마지막이다. 하나, 둘, 셋 하면 뛰어 올라가는 거다. 다들 알았지."

순간 깡패들이 갑자기 함성을 지르며 옥상으로 뛰어 올라갔다. 내려갈 수도 없고, 더 이상 올라갈 곳도 없는 옥상이었다. 옥상에 설치된 바리케이드를 사이에 두고 깡패들과 동네 아저씨들의 난투극이 벌어졌다. 난투극은 달빛에 비쳐 멀리서 아련히 보였다. 오직 보름달만이 어두운 옥상을 비쳐주며 동네 아저씨들을 위로했다. 옥상 난투극은 오래가지 않았다. 금방 바리케이드가 무너졌다. 동네 아저씨들은 깡패들에게 잡혀 하나, 둘 옥상에서 내려오고 있었다. 그때였다. 아주 짧은 순간 반짝하며 생긴 작은 불이 갑자기 큰불로 변하며 옥상에 천사가 나타났다. 그리고 잠시 후 천사는 옥상을 떠나 하늘을 날고 있었다. 밝은 빛에 쌓인 천사는 하늘에서 땅으로 내려오고 있었다. 사람들은 천사를 보며 환호하며 달려갔다. 문을 지키던 경찰들 역시 천사를 향해 달려갔다. 담배를 피며 구경을 하고 있던 소방관들이 담배를 던지며 천사에게 달려갔다. 공사장 문 앞에 서 있던 구급차가 사이렌 소리를 울리며 시동을 걸었다. 천사를 향해 달려가는 많은 사람들 속에 나는 우두커니 서 있었다. 그때, 내가 할 수 있는 일은 오직 하나, 하늘에서 내려오는 천사를 향해 손을 흔드는 것뿐이었다.

내가 처음으로 천사를 본 지 사십 년이 지났다. 사십 년 동안 천사는 매년 한두 명씩 지상으로 내려왔다. 도대체 천사는 왜 내려오는 것일까? 세상이 조금이라도 바뀔 거라는 희망을 갖는 것일까? 아무리 천사가 내려와도 세상은 조금도 달라지지 않았다. 세상이 달라지기를 원하는 천사의 수만 늘어날 뿐이었다. 그런데도 왜 천사는 매년 내려올까? 달라지는 것이 없어도 그나마 천사가 내려오면 사람들은 천사에 관하여 최소한의 관심을 가졌다. 천사가 내려온 땅, 천사의 존재에 관하여 정말 최소한의 관심을 가졌다.

지금 나는 정리해고 반대를 외치며 두 달 반 동안 옥상에 고립되었다. 경찰들이 바글바글한 아래를 내려다본다. 이제 결심의 시간이다. 아버지가 십오 층 아파트에 오르던 그날처럼, 아니 솔직히 그날보다 더 두렵지만, 나는 천사가 되려고 한다. 지금 나는, 아니 우리는 세상 사람들의 최소한의 관심이 필요하기 때문이다.

· · ·

영안실을 나가는 형사는 이내 피곤한 듯 뒷목을 주무르며 나를 다시 한 번 훑어보고 고개를 돌려 빠르게 나갔다. 형사를 따라 나온 나는 영안실 앞 의자에 털썩 주저앉았다. 도대체 어떻게 살아야 별이 세 개가 될까? 나 역시 형사만큼 피곤했다. 희수가 중국 처녀와 마지막 가출을 한 후 아버지는 옆집 노총각에게 매일 시달리다 끝내는 칼을 맞고 돌아가실 때까지 누워계셨다.

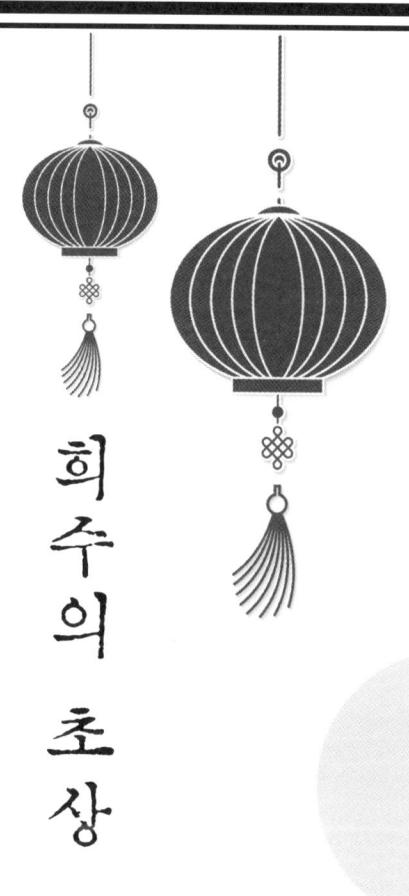

희수의 초상

희수의 초상

희수와 나는 1분 32초 사이로 태어났다. 우리는 쌍둥이였지만 얼굴, 혈액형, 성격, 체격 모두 달랐다. 사람들은 우리 둘을 쌍둥이라 전혀 생각하지 못했다. 희수는 아버지를 닮았다. 아버지는 6·25 전쟁 중 뜻하지 않게 고아가 되었다고 한다. 아버지는 항상 이야기했다.

"너희들이 살면서 손잡을 일이 왕왕 생길 거다. 그럴 때는 얼굴을 잘 보고 잡아야 한다."

아버지는 형님 손을 잡고 떠난 피난길에서 가족을 잃었다. 아버지는 두려움에 손을 꼭 잡고 칭얼거림도 없이 열심히 걸었다. 다만 처음 보는 사람의 손이라 문제가 됐을 뿐이었다. 전쟁이 끝나고 연고도 없이 떠돌던 아버지는 서커스단을 만나 최연소 단원이 되었다. 아버지의 장기는 제비 돌기였다고 한다. 바람이 심하게 불던 날, 아버지는 공중그네에서 두 바퀴를 돌다 돌아오는 그네를 잡지 못했다. 중심을 잃은 아버지는 자유낙하를 하며 바닥에 떨어져 허리가 꺾여버렸다. 원숭이는 나무에서 떨어져도 원숭이지만, 제비꾼은 그네에서 떨어지면 사탕 지팡이를 짚는 광대가 되었다. 시간이 흘러 서커스단이 우리의 삶에서 자취를 감추자 아버지는 자연스럽게 술 마시는 광대가 되었다. 언제나 술에 취해 붉은 얼굴로, 네 식구조차 비좁은 단칸방에 친구들을 데리고 들어왔다. 길 잃은 아이부터, 며칠 굶은 노숙자까지 아버지에게는 모두가 친구였다. 아버지는 술을 좋아했고, 사람을 좋아했다. 그에 반해 어머니는 서커스단 단장의 딸이었다. 어머니는 서커스단에서 단원으로 활동하기에는 운동신경이나 미모 어느 하나 내세우기가 참으로 민망했다고 한다. 그래도 나름 성실성 하나로 서커스단의 안살림을 맡았다. 천막을 정비하고, 단원들 식사를 준비하고, 특히 공연 중 다친 단원들을 세심하게 챙기는 일이 업무였다. 허리를 다친 아버지를 챙기는 일은 어머니의 업무 중 하나였으며, 사람들에게 친절하고, 잘생긴 아버지에게 마음을 뺏기는 것은 어찌 보면 당연한 일이었다. 어머니는 두 살 어린 아버지를 바라보며 얼굴을 붉혔지만 좋아한다는 표현은 하지 못했다고 했다. 마침내 서커스단이 재정난으로 뿔뿔이 흩어질 당시 어머니는 아버지를 따라 나섰다고 했다. 나는 어머니에게 "왜 허리를 다친 아버지였냐고?" 물었다. 어머니는 단원들이 흩어질 무렵 당연히 단장인 아버지를 따라 길을 나섰다. 길을 떠난 지 몇 시간 후 아버지는 헐레벌떡 뛰어와 어머니에게 "같이 갈래?"라는 말을 했다고 한다. 그것은 어머니에게 축복이었다고 했다. 희수는 그런 아버지를 닮아 언제나 가볍고, 해맑고, 사람들에게 다정다감했다.

"김희수 씨를 마지막으로 본 것이 언제죠?"
"십 년은 넘었을 겁니다."
"왜 그동안 연락하지 않았죠?"
"모든 가족이 다 그렇게 연락하며 살지 않습니다."

희수는 중학교를 입학하여 처음 맞는 여름방학에 첫 번째 가출을 했다. 삼 개월쯤 지났을 무렵 희수는 아버지 손에 귀를 잡힌 채 집에 들어왔다. 집에 들어온 지 한 달쯤 됐을 무렵 희수는 두 번째 가출을 했다. 이번에는 오 개월쯤 지나 아버지에게 머리채를 잡힌 채 집에 들어왔다. 그리고 보름 후 세 번째 가출이 있고 난 뒤 누구도 희수를 찾지 않았다. 희수는 세 번째 가출을 한 지 일 년쯤 되었을 때 제 발로 들어왔다. 집에 들어온 희수는 학교를 가지 않았다. 대신 새벽에 신문배달을 하고, 낮에는 상회에서 배달을 했다. 희수가 벌어온 돈으로 아버지는 술 취한 기분 좋은 광대로 사람들과 어울릴 수 있었다. 어머니는 식당에서 그릇을 닦고 손님들이 먹다 남은 반찬을 검은 비닐봉지에 담아오지 않아도 됐다. 나는 더 이상 등록금이 밀리지 않는 학생이 되었다. 희수 덕에 처음으로 우리는 가정의 평안함을 느꼈다. 하지만 그 평안함은 옆집 노총각이 나이 어린 중국 처녀를 색시로 맞아들이기 전까지였다. 옆집 노총각은 스무 살이나 어린 중국 처녀를 첫 날부터 두들겨 팼다. 중국 처녀가 잠자리를 거부한다는 이유였다. 노총각은 하루도 쉬지 않고 처녀를 두들겨 팼다. 동네 사람들은 혀를 찼지만 달리 말릴 방법도 없었다. 희수와 함께 중국 처녀의 비명을 불편하게 듣던 어느 날이었다. 희수가 벌떡 일어나 삽자루를 들고 옆집으로 달려갔다. 희수의 몸이 얼마나 재빠른지, 말릴 틈도 없었다. 희수는 옆집 노총각을 죽도록 패버리고 쓰러져 있던 중국 처녀를 안아 들고 동네를 떠났다. 희수의 네 번째 가출이라고 말하기에는 조금은 엉성하지만, 아무튼 희수는 집을 나갔다. 그때 희수 나이는 열여덟이었다. 희수가 중국 처녀와 눈이 맞았다는 소문이 돌았다. 옆집 남자는 매일 우리 집에 찾아와 중국 처녀를 돌려달라고 행패를 부리고 갔다. 동네 사람들은 그 둘이 분명 같이 살고 있을 것이라 했다. 안산에서 둘을 봤다는 사람도 있었다. 어머니와 나는 안산으로, 구리로, 성남으로 희수를 찾아다녔다. 보통 어머니와 내가 물어물어 찾아간 곳은 이미 희수가 지나간 곳이었다. 작은 방에 여럿이 모여 사는 곳이 대부분이었다. 그들 역시 떠나간 희수를 그리워하며 궁금해했다. 어머니는 그래도 혼자 떠도는 것 같다며 다행이라고 했다.

"그럼, 십 년 전에는 어떻게 만났죠?"
"희수가 제가 목회하고 있는 교회로 찾아왔습니다."

십 년 전 부모님은 일 년 사이로 돌아가셨다. 희수는 어떻게 알았는지 그때마다 장례식장에 왔다. 희수가 부모님을 계속 만나고 있었는지도 모르겠다. 나는 희수에게 관심도 없었고, 관심을 주고 싶지도 않았다. 마지막으로 어머니를 보내고, 몇 달이 지났을 무렵 희수는 교회로 나를 찾아왔다.

"할 이야기가 있어."
"나에게 무슨 할 이야기가 남았어? 아, 어머니 돌아가기를 기다렸다는 듯이 집을 판 이야기?"
"알고 있었구나. 미안하다. 급하게 돈 쓸 일이 생겨서 그랬어. 지금은 돈이 없지만 나중에 네 몫은 꼭 챙겨줄게."
"걱정 안 해. 그냥 이렇게 끝내. 분명하게 말하는데, 우리는 식구도 뭐도 아니야."

형사는 고개를 끄덕이며 심드렁하게 듣고 있었다. 가끔 눈을 비비는 모습이 피곤한 기색이 역력했다. 모든 일이 다 귀찮다는 표정이었다. 메모를 하던 수첩을 주머니에 넣으며 말했다.

"그러니까 십 년 전에 돈 빌리러 왔을 때가 마지막으로 봤다는 말씀이죠. 알겠습니다. 아시다시피 김희수 씨는 차 안에서 심정지로 죽었습니다. 차에 시동이 걸려 있는 것을 보면 새벽에 나가려다 갑자기 심정지가 온 것 같습니다. 그런데 김희수 씨는 한겨울에 외투도 없이 가벼운 옷차림이었죠. 수상하다 싶어서 주변을 탐색해보니 김희수 씨 외투를 근처 노숙자가 입고 있었죠. 그런데 외투는 김희수 씨가 노숙자에게 벗어주고 간 것이 맞더군요. 근처에서 함께 있던 노숙인들이 증언을 했습니다. 외투를 벗어준 노숙인에게 돈도 이만 원을 줬다고 하더군요. 그 노숙인에게 김희수 씨를 아냐고 물었더니 고개를 떨어뜨리더군요. 자세한 이야기는 안 하지만 아는 분은 맞는 것 같습니다. 만나 보시겠습니까?"

"아니요."

"형이 어떻게 죽었는지 궁금하시지도 않아요?"

"궁금해야 합니까?"

"아, 네. 그럴 수 있죠. 참, 김희수 씨는 전과가 있어요. 별이 세 개예요. 절도, 사기, 폭행 그래서 저희가 단순 사고사로 보기 힘들죠."

"마음대로 하세요."

"목사님, 제 마음대로 하는 것이 아니라 법대로 하는 중입니다. 아시다시피 김희수 씨 핸드폰에 저장된 주소록을 통해 문자를 보냈습니다. 확인 전화가 많이 오더군요. 일단 부검 결과도 나와야 하고, 의심스러운 부분이 몇 있어서 조금 더 조사해보겠습니다. 아무튼 장례 치르는 데 불편하지 않게 최선을 다해 빠르게 진행하겠습니다. 부검 결과 나오면 다시 오죠."

영안실을 나가는 형사는 이내 피곤한 듯 뒷목을 주무르며 나를 다시 한 번 흘어보고 고개를 돌려 빠르게 나갔다. 형사를 따라 나온 나는 영안실 앞 의자에 털썩 주저앉았다. 도대체 어떻게 살아야 별이 세 개가 될까? 나 역시 형사만큼 피곤했다. 희수가 중국 처녀와 마지막 가출을 한 후 아버지는 옆집 노총각에게 매일 시달리다 끝내는 칼을 맞고 돌아가실 때까지 누워계셨다. 어머니는 손님이 먹다 남긴 반찬을 검은 비닐봉지에 담아오셨고 나는 등록금이 밀리기 시작했다. 방법이 없었다. 나는 대학을 졸업할 때까지 새벽에 일어나 신문배달과 아르바이트를 해야만 했다. 다니던 교회 목사님의 도움으로 학교는 다닐 수 있었지만 병들고 나약해진 부모님은 오롯이 나의 몫이었다. 나는 힘들 때마다 희수 욕을 했다. 희수가 중국 처녀와 도망만 치지 않았다면, 지금처럼 힘들지 않았을 것 같았다. 도망친 희수는 어디서 무엇을 하는지 모르겠지만 나처럼 힘들지는 않았을 것이다. 그래서 나는 희수가 싫었다. 아니 미웠다. 다시는 희수의 얼굴을 보고 싶지 않았다. 그동안 연락 없이 지냈으면 마지막까지 연락 없이 갈 것이지 왜 사람을 피곤하게 하는지 짜증이 났다. 그래도 명색이 목사인데 모른 척할 수는 없었다. 영정사진 하나 없는 아무도 찾지 않는 장례식장이지만 나는 상주 역할을 해야만 했다.

"여기가 김희수 씨 장례식장입니까?"

조문객의 차림새는 '나는 노숙인입니다.'를 말해주고 있었다. 노숙인은 향을 피우고 절을 했다. 한 번, 두 번 그리고 반절을 해야 하는데 노숙인은 두 번째 절을 한 후 엎드려 흐느끼고 있었다. 당황스러운 나는 그가 일어나기를 기다릴 뿐이었다. 얼마의 시간이 흘렀을까 그는 일어나 반절을 하고 나와 맞절을 했다.

"얼마나 상심이 크십니까?"
"찾아주셔서 고맙습니다."

그는 안주머니에서 봉투를 꺼내 조의함을 찾았다.

"조의금은 받지 않습니다. 사실 아무런 준비를 못했습니다. 아시다시피 너무나 급작스러워서……."
"아, 그렇군요. 하지만 이 돈은 희수 형님이 마지막으로 주신 돈이라 다시 돌려드리고 싶은데…… 대신 받아주시면 안 되겠습니까?"

나는 봉투를 받을 수밖에 없었다. 그는 구석으로 가 영정사진도 없는 제단을 바라보며 주머니에서 소주를 꺼냈다. 소주를 안주도 없이 홀짝홀짝 마시며 향이 꺼질 때가 되면 조용히 다가와 향을 피우고 다시 제자리로 돌아갔다. 노숙자는 이내 술이 떨어졌는지 고개를 숙이고 훌쩍이고 있었다. 고개 숙인 그를 바라보다 나는 주섬주섬 일어나 밖으로 나갔다.

"이 술은 희수가 드리는 술입니다. 조금 전에 주신 돈으로 샀거든요."
"아…… 고맙습니다."

그에게 소주를 건네고 돌아서는 순간, 갑자기 터진 그의 울음소리가 나를 붙잡았다. 그는 희수가 사준 소주를 들고 흐느끼고 있었다. 무심히 돌아설 수도 그렇다고 자리에 앉을 수도 없는 어정쩡한 상태가 됐다. 계속되는 그의 울음소리에 나는 엉거주춤 자리에 앉았다.

"희수형하고 성남 시계공장에서 같이 일했어요. 제 나이 열여

넓이었고, 형은 스무 살이었죠. 그 당시는 다 살기가 힘들었잖아요. 그래도 그러면 안 되는데 제가 시계를 훔쳤어요. 매일 하나씩 들고 나가다 어느 순간, 상자째로 들고 나갔죠. 희수형은 하지 말라고 말렸지만, 저는 방법이 없었어요. 제가 나이는 어리지만 우리 집 가장이었으니까요. 아버지는 돌아가시고, 제 밑으로 동생이 셋이었고, 당뇨로 고생하시는 어머니가 있었죠. 제가 야근을 하면서 새벽에 시계 상자를 담 너머로 던지면 제 동생이 그 상자를 집에 갖다놓았죠. 그러던 어느 날 동생이 새벽에 시계 상자를 들고 가다 경찰에 잡혔어요. 저는 무서웠어요. 희수형에게 도와달라고 했죠. 형은 망설임도 없이 경찰서로 갔죠. 제 동생은 미성년자라 바로 풀려났지만, 희수형은 이 년을 살았어요. 이 년 동안 면회 한 번 가지 못한 나를 삼십 년이 지나서 어제 만났죠. 제가 살아온 이야기를 하고, 희수형은 고생 많았다며 저를 안아주셨어요. 그리고 추워 보인다며 외투도 벗어주고, 밥 사 먹으라고 이만 원도 주셨죠. 제가 형을 봐서라도 잘살았어야 했는데……. 아니, 형에게 면회라도 한 번 갔어야 했는데……. 사는 게 뭔지, 정말 후회스럽습니다."

가진 것도 없는 놈이 자기가 뭐라도 되는 양 설치기는……, 희수는 어릴 때도 그랬다. 그냥 지나치는 법이 없었다. 꼭 대신 욕먹고, 터지고, 그래도 좋다고 히히거렸다. 한 무리의 사람들이 웅성거리며 들어왔다. 주위를 두리번거리다 나에게 다가와 묻는다.

"여기가 김희수 씨 장례식장이 맞습니까?"

그들은 지금은 없어진 명화극장에서 희수랑 같이 근무했던 사람들이라고 했다. 조문을 마친 그들은 나에게 묻지도 않은 희수 이야기를 했다.

"그때가 아마 교도소에서 막 출소했을 때였죠. 자기 사정을 이야기하며 일을 할 수 없냐고 묻더군요. 영화를 매일 보고 싶다고 천진난만한 얼굴로 이야기하는데 우리는 거절할 수가 없었죠. 희수는 혼자서 극장 안에 모든 일을 했어요. 영사기도 돌리고, 간판도 그리고, 표도 팔고, 월급도 제대로 안 나오는 극장에서 희수가 없었더라면 벌써 망했을 겁니다. 아무튼 희수는 대단했죠. 대형 영화관이 우후죽순 생기면서 우리처럼 작은 극장은 살아남기 힘들었죠. 한 명, 두 명 극장을 떠나도 희수는 끝까지 남았죠. 우리야 미련도 없이 떠났지만, 극장에 마지막까지 남은 희수가 좋아서 가끔 모여 술을 먹었죠. 희수랑 같이 놀면 재미있거든요. 고스톱도 잘 치고, 노래도 잘하고, 노는 것 하나는 희수가 최고죠. 거기다 얼마나 다정다감한지 솔직히 여기 있는 사람 중에 희수에게 크든 작든 신세 한 번 안진 사람이 없어요. 특히 이 사람, 이 사람이 명화극장 사장이었는데 극장 폐업할 때 명의를 희수 앞으로 돌려놓고 이중매매를 했죠. 그래서 희수가 사기로 잡혀 들어갔어요."

"왜 그래, 희수도 동의한 거야. 그리고 그 돈, 나 혼자 썼어?"

"에이, 이 사람아, 사기 쳐서 밀린 월급을 줘? 그러면 당신이 책임지고 들어가야지, 왜 희수를 들여보내."

"희수가 교도소 경험도 있고 가족도 없으니까 자기가 대신 들어가겠다고 했다니까 정말이야. 그래도 내가 자수해서 금방 나왔잖아."

"진짜 뻔뻔하다니까, 당신 합의금은 희수가 부모님 집을 팔아서 마련했거든."

"알아, 정말 갚으려고 했는데, 이 새끼가 갚을 시간도 안 주고 죽어버렸잖아."

그 사람은 바닥에 질펀하게 주저앉아 보기 흉하게 펑펑 울었다. 갑자기 정신이 사나왔다. 주춤주춤 뒤로 물러나 장례식장을 빠져나왔다. 부모님이 평생 모으신 재산이 오직 집 하나였는데, 그 집을 팔아 잘 알지도 못하는 사람을 위해 그렇게 쉽게 쓰다니. 희수가 어떻게 살았는지 조금씩 보이기 시작했다.

"너무 급작스러운 일이라 경황이 없으시죠? 그래서 저희가 희수를 위해서 뭘 할 수 있을까 고민해봤습니다. 동생께서 허락만 해주신다면 저희가 음식을 준비하고 싶은데 괜찮겠습니까?"

말릴 틈도 없었다. 그들은 음식을 주문하고, 제단도 꾸미며 분주하게 움직였다. 나는 상주 자리에 앉아 그들을 바라볼 뿐이었다. 희수의 어떤 모습이 그들을 움직이게 하는 것일까? 나는 희수와 가족일 뿐 그들보다 희수를 몰랐다. 가족이었지만 몰랐다는 말이 되는 말일까? 부모님은 희수를 알고 있었을까? 그래서 나보다 희수를 더 좋아했던 것일까? 날이 어두워지자 조문객들이 한 명, 두 명 들어왔다. 희수와 인쇄소에서 같이 일했다는 사람, 희수와 공사장에서 같이 일했다는 사람, 희수와 같이 신문을 돌렸다는 사람, 그들은 또 누군가에게 전화해서 사람을 부르고, 불러온 사람들 역시 또 누군가에게 전화해서 사람을 부르고 어느 순간 장례식장은 사람들로 북적거렸다.

"영정사진 없으시죠? 희수 자화상이 있어서 가져왔는데 영정사진 대신 올려도 되겠습니까?"

"희수가 그림도 그렸어요?"

"극장 광고판을 희수가 그렸어요. 어깨 너머로 배운 솜씨치고는 꽤 그림을 잘 그렸죠. 극장 문 닫을 때 극장 사람들 초상화를 하나씩 그려주고 마지막으로 자화상을 그려서 저에게 선물로 줬죠."

꽃으로 둘러싸인 제단 가운데 희수의 자화상이 걸렸다. 자화상은 배경색이 밝았으나 선들은 투박하고 거칠었다. 얼굴은 야위었지만 전체적으로 밝은 얼굴의 자화상이었다. 윤동주는 자화상이라는 시에서 부끄러운 모습을 보고, 서정주는 자화상에서 후회 없는 삶을 이야기했다. 그렇다면 희수는 자화상으로 무슨 이야기를 하고 싶었을까? 자화상 속 희수의 눈을 바라봤다. 장발의 머리카락이 한쪽 눈을 가려 나머지 한쪽 눈만을 드러낸 채 살짝 눈썹을 추켜세웠다. 그래서인지 깊은 눈동자가 더 깊어 보였다. 그래, 이 눈을 본 적이 있었다. 강원도 깊숙한 곳에서 군 생활을 했을 때였다. 희수가 면회를 왔다. 우리는 연탄가스를 맡으며 돼지고기를 구워 먹었다. 지금은 이름도 잊은 독한 소주를 마시며 희수는 나에게 군복이 잘 어울린다고 했다. 그때 나를 바라보던 눈동자였다. 슬픔이 들어 있고, 연민도 들어 있는 깊은 눈동자, 연탄가스 때문이었을까 살짝 눈물도 고여 있던 눈동자였다.

"사실 내 어릴 적 꿈은 군인이었어. 어차피 나는 군인이 되지 못했지만 네가 군복 입은 모습을 보니 꼭 내가 군인이 된 것처럼 가슴이 설렌다."

"그러게, 누가 가출하래?"

"가출만 안 했으면 나도 군인이 됐을까? 그럼, 괜히 가출했네."

"정말 묻고 싶었는데 가출은 왜 한 거야? 엄마, 아빠도 다 너를 좋아했잖아."

"첫째, 공부가 나하고는 안 어울렸어. 둘째, 나는 돈을 많이 벌고 싶었어. 셋째, 우리 집 형편에 어떻게 둘을 공부를 시키니? 내가 포기해야지."

"지랄하고 있네."

"부모님은 잘 계시지?"

"그렇게 부모님 걱정을 하는 놈이 중국 처녀를 업고 도망가? 옆집 아저씨가 매일 밤마다 식칼 들고 찾아와서 행패야. 꿈에라도 집 근처에는 가지 마. 괜히 너 때문에 부모님이 다쳐."

"나도 알아, 부모님이 보고 싶어도 가지 못하고 있다."

"도대체 중국 처녀는 왜 업고 도망간 거야?"

"매일 밤 맞는 소리를 너도 들었잖아. 다음날 중국 처녀 얼굴 봤어? 그게 어떻게 사람이 할 짓이니?"

"남의 가정사야. 네가 뭔데 끼어들고 난리야?"
"너는 목사가 되겠다는 놈이 어떻게 모른 척할 수 있니?"
"목사도 내밀한 가정사에는 끼어들지 않아."
"여자가 매일 밤 맞고 있는데 그게 내밀한 가정사야? 동네 사람 어느 누구도 말리지 않더라."
"그러니까 그게 왜 하필 너냐고?"

희수는 모든 일에 왜 하필, 왜 운명처럼, 왜 나야만 했는지를 몰랐다. 그런 일이 생기면 다들 당연하듯이 희수를 바라보고 있다는 사실을 그는 몰랐다. 나도 희수를 그렇게 바라봤다. 아직은 춥지만 점점 날이 좋아지기 시작하는 봄날이었다. 어머니가 초등학교 입학 선물로 사준 운동화를 우리는 보는 사람이 없으면 손에 들고 다닐 정도로 귀하게 여겼다. 운동화를 사준 지 며칠 된 날이었다. 집 앞 징검다리를 건너다 나는 그만 운동화를 손에 든 채로 미끄러져 넘어졌다. 손에 들고 있던 운동화가 물 위로 둥둥 떠내려갔다. 희수는 그 운동화를 잡으러 물속으로 뛰어들었다. 하지만 운동화는 우리에게 야멸찼다. 저 멀리 떠내려가는 운동화를 바라보며 나는 펑펑 울었다. 집에 들어갈 때 나는 희수를 바라봤다. 희수는 나의 눈길을 뿌리치지 못했다. 희수는 나에게 운동화를 벗어줬다. 희수는 엄마에게 종아리를 맞았으며 한동안 고무신을 신고 학교를 다녔다.

갑자기 장례식장 입구가 소란스러워졌다. 누군가가 입구에서 도와달라고 소리를 질렀다. 앉아 있던 몇몇 사람들이 일어나 입구로 나갔다. 잠시 후 휠체어를 들고 오는 사람, 등에 엎여서 들어오는 사람들로 장례식장은 복작거렸다. 이내 정리가 되고 휠체어를 탄 사람 여럿이 영정 앞으로 모였다. 누가 먼저라고 할 것도 없이 그들은 희수를 부르며 울기 시작했다. 희수의 마지막 직업은 장애인 활동보조 노동자였다. 중증 장애인의 밥을 먹이고, 씻기고, 외출할 때 동행하는 일을 희수가 하고 있었다. 장애인 활동보조일은 대부분 나이 드신 여성분들이 하다 보니 힘이 좋은 남자 활동보조는 귀했다고 한다. 거기다 붙임성이 좋은 희수는 더욱 인기가 많았다고 했다.

"희수는 활동보조 시간이 끝나도 가지 않고 놀아줬어요. 집에 가도 할 일이 없다는 말도 안 되는 핑계를 대면서요. 우리는 알고 있었어요. 희수는 새벽에 신문을 돌리고, 낮에는 활동보조 일을 했어요. 거기다 활동보조인 노조도 했어요. 잠잘 시간도 없다는 거 잘 알죠. 항상 피곤에 절어 있었죠. 가끔 졸고 있는 모습을 보면 가슴이 아팠어요. 사실 저희 같은 사람들은 죽고 싶어도 죽을 수가 없어요. 손가락 하나 내 맘대로 움직이지 못하니까요. 좋은 사람들은 그나마 우리를 불쌍하게 여기고 혀를 차죠. 나쁜 사람들은 우리를 이용하죠. 그래서 우리 장애인들은 가족이라도 비장애인들을 믿지 않아요. 활동보조 선생님들도 비슷해요. 우리를 살아있는 송장처럼 막 대하는 분들이 많아요. 딱 할 일만 하고 싸인 받고 가시죠. 그런데 희수는 시키지 않은 일을 더 많이 했어요. 희수는 우리를 장애인으로 보지 않았어요. 그냥 친구였어요. 희수는 우리를 밖으로 데리고 나가지 못해 안달난 사람처럼 굴었어요. 처음에는 밖에 나가는 일이 귀찮았는데 희수랑 다니면서 생각이 많이 바뀌었죠. 장애인도 사회의 일원이구나, 숨으면 안 되는구나. 이제는 당당히 밖으로 나가려고 해요. 희수랑 같이 다니면 정말 재미있어요. 저는 태어나서 밤에 거리를 나가 본 적이 한 번도 없었어요. 그런데 희수랑 야구장도 가고, 포장마차도 가고, 정말 재미있었죠. 희수는 사람은 사랑을 해야 인생의 달고, 쓴맛을 안다고 했죠. 장애인이라고 사랑도 못해보고 사는 건 말도 안 된다며 여자를 소개시켜 주기도 했어요. 희수 덕에 처음으로 여자랑 이야기도 해봤어요. 딱히 쓸모는 없었지만 데이트하는 법도 가르쳐주고, 매너도 가르쳐주고, 희수는 돈 받고 일하는 활동보조인이 아닌 하나밖에 없는 비장애인 친구였어요."

자정 무렵이 되자 장례식장은 조문객으로 발 디딜 틈조차 없었다. 조문객들은 누구라도 할 것 없이 모두 술잔을 들고 돌아다녔다. 처음 본 듯 인사를 나누는 사람들도 있었으며, 오랜만에 만난 듯 옹기종기 모여 앉아 이야기를 나누는 사람들도 있었다. 누구도 돌아갈 생각을 하지 않는 듯했다. 그때였다. 한 사람이 비틀거리며 일어나 조문객들을 향해 큰소리로 인사를 했다.

"죄송합니다. 정말, 죄송합니다. 제가 술이 많이 취했어요. 오늘 희수 오빠가 이생에서 머무는 마지막 밤이라 저도 모르게 술을 많이 마셨네요. 여기 모이신 분들 모두 저와 같은 마음이라 생각이 들어요. 모두들 희수 오빠가 그립죠. 저 역시 희수 오빠가 보고 싶어 미치겠습니다. 저는 희수 오빠와 카페촌에서 만났습니다. 처음에 희수 오빠는 주방에서 보조를 하고 있었어요. 하지만 주방보조인 희수 오빠는 가수인 저보다 노래를 잘 부르더군요. 한 일 년 정도 지나니까 희수 오빠의 자리는 주방이 아니라 무대가 되었어요. 어느 날 희수 오빠와 함께 무대에서 노래를 부르고 있었을 때였어요. 술 취한 손님이 저에게 다가와 가슴을 만졌죠. 무대에 같이 있던 희수 오빠가 달려가 그 손님을 때렸어요. 그 일로 희수 오빠는 폭행죄로 교도소에 들어갔죠. 가슴 만진 게 뭐 대수라고. 다들 우리 같은 삼류 딴따라는 사람 취급도 안 하잖아요. 희수 오빠, 참 대책 없죠. 그게 희수 오빠의 매력 같아요. 불의를 보면 참지 않고, 약한 사람들을 괴롭히면 힘도 없으면서 가만히 있지 못하는 똘기 가득한 모습, 다들 아시겠지만 정말 멋진 오빠였어요. 카페에서 희수 오빠와 듀엣으로 불렀던 노래를 이 자리에서 하고 싶습니다. 괜찮겠습니까?"

가수는 기타를 꺼내 음을 맞추다 눈을 감았다. 이내 가수의 눈에서 눈물이 흘러내렸다. 잠시 후 가수는 떨리는 목소리로 노래를 불렀다. 노래는 애절했다. 장례식장에 있던 조문객들은 소리 없이 훌쩍이며 그의 노래를 들었다. 노래가 끝나자 어디선가 박수 소리가 터져 나왔다. 박수 소리를 들은 누군가가 이야기를 했다.

"장례식장에서는 건배도 안 하는데, 박수는 실례가 되는 것 같습니다."

"저는 건배도 하고, 박수를 쳐도 무례하지 않다고 생각합니다. 우리가 희수를 너무 일찍 보내 가슴은 아프지만 저는 희수를 기쁜 마음으로 보내고 싶습니다. 희수가 만약 유언을 남겼다면 웃고 떠들면서 보내달라고 했을 것 같습니다. 저는 희수 스타일로 희수를 보냈으면 좋겠습니다."

또 누군가의 발언이 마치자 곳곳에서 박수 소리가 터져 나왔다. 가수는 "그럼, 우리 희수 오빠 스타일로 하죠." 하며 노래를 불렀다. 희수와 듀엣으로 불렀던 노래부터 희수가 제일 잘 불렀다는 노래까지, 가수는 장례식장을 콘서트장으로 만들었다. 몇몇은 젓가락 장단으로 흥을 돋우고, 몇몇은 어깨동무를 하며 노래를 따라 불렀다. 조용했던 장례식장은 이내 즐거운 잔치가 되었다. 나는 그들을 말없이 바라볼 뿐이었다. 심지어 복도에서 어깨동무하며 빙글빙글 돌며 춤을 추는 사람들까지 생겼다. 그들을 바라보다 그들 속에 끼어 있는 희수가 보였다. 친구들과 함께 있는 희수의 얼굴이 편안해 보였다. 아니 행복해 보였다. 빙글빙글 돌며 신나게 노래를 부르는 희수가 나에게 손짓을 하며 같이 놀자고 한다. 일어서야 하나 고민을 하다 어느새 까무룩 잠이 들었다.

날이 밝아질 때까지 사람들은 화투를 치며, 노래를 부르며, 코를 골았다. 죽은 희수에게 신세 진 사람들이라 했다. 그들은 희수에게 미안한 사람들이었을까? 아니면 고마웠던 사람들이었을까? 나는 그들을 바라보며 희수를 조금씩 알아가고 있는 중이었다. 예전부터 나는 희수보다 언제나 먼저였다. 학교를 같이 다녔어도 학교에 내는 수업료는 언제나 내가 먼저였다. 중학교를 입학했을 때도 교복도 내가 먼저 입었고, 희수는 한 달이 지나 교복을 입었다. 희수는 당연하듯이 양보를 했고, 나는 당연하듯이 먼저 받았다. 얼굴을 돌려 희수의 자화상을 바라본다. 환한 미소를 머금고 있는 희수의 얼굴, 몇 번을 봐도 낯설었다. 나는 자화상 속의 얼굴을 본 적이 없는데, 많은 사람들은 평상시 희수의 얼굴이라고 했다. 내가 본 적이 없는 것인지, 보지 않으려고 했던 것인지 이제는 모르겠다. 그렇게 희수는 나의 곁을 떠나갔다. 단 한 번도 속 깊은 이야기를 해보지 않은 채, 아니 단 한 번도 희수의 이야기를 들어보지 않은 채 나는 그를 떠나보내야 했다. 희수의 자화상을 바라보고 있을 때 담당 형사가 들어왔다.

"김희수 씨가 전과자라 부검이 생각보다 오래 걸렸습니다. 심정지가 맞더군요. 입관하셔도 되겠습니다."

"고맙습니다."

"그런데 여기는 노래 부르고, 춤추고 완전 잔치판이네요. 이 사람들이 목사님보고 오신 분들은 아닌 것 같고, 도대체 김희수 씨는 어떤 사람이에요?"

대렴과 보공을 마친 희수가 관 속에서 입관실 천장을 보며 누워 있었다. 마지막으로 고인의 얼굴을 볼 수 있는 시간이었다. 희수의 마지막 모습을 보고 싶어 했던 사람들은 한 명씩 입관실로 들어왔다. 먼저 휠체어를 타고 들어오는 희수의 장애인 친구들, 희수와 같이 일했던 극장, 인쇄소, 신문사 친구들, 희수와 같은 무대에서 노래를 불렀다는 가수는 희수의 손에 기타 피크를 올려놓았다. 모두들 희수의 얼굴과 손을 어루만지며 눈물을 흘렸다. 희수를 먼저 보낸 그들의 슬픔을 나는 그저 바라만 볼 뿐이었다. 희수를 보고 싶고, 만지고 싶었던 사람들은 이제 모두 입관실을 나갔다. 이제 입관실에는 나와 희수 그리고 염을 해주시는 선생님만 남았다. 나는 희수의 손을 잡고 기도를 했다.

'사랑의 하나님, 사랑의 하나님……,'

나는 기도를 할 수가 없었다. 입만 벙긋거릴 뿐 소리가 나오지 않았다. 할 말이 있는데, 희수를 위해 해야 할 기도가 있는데, 머리에서, 가슴에서 기도가 나오지 않았다. 마지막 염을 기다리는 선생님의 헛기침 소리가 들렸다. 기도를 하지 못하고 눈을 뜨자 염을 해주시는 선생님은 많이 기다렸다는 듯이 나에게 불편한 시선을 보냈다. 바로 희수의 얼굴을 감싸며, 마지막으로 천금을 덮고, 관뚜껑을 덮었다. 몇 번의 신경질적인 망치소리, 모든 것이 끝났다. 입관실을 나서자 희수의 친구들은 나를 바라보고 있었다. 그들은 나에게 무슨 말을 듣고 싶어 하는 것일까? 나는 잠시 머뭇거리다 천천히 입을 열었다.

"저는 고 김희수 씨의 동생입니다. 저는 사실 희수형하고 그렇게 친하지 않았습니다. 형이라고도 오늘 처음 불러봅니다. 희수형이 지금까지 뭘 하며 살았는지 잘 모릅니다. 희수형이 중학교 1학년 때부터 가출해서 함께 공유하고 있는 추억도 별로 없습니다. 오히려 여기 계신 분들이 저보다 형을 잘 알 것 같습니다. 저는 어제부터 오늘까지 여러분들에게 형에 관한 이야기를 많이 들었습니다. 물론 다 처음 듣는 이야기였습니다. 세상 사람들은 전과 3범인 전과자 한 명이 죽었을 뿐이고, 오히려 더 잘 됐다고 이야기할지도 모릅니다. 하지만 우리는 알고 있습니다. 희수형은 매 맞는 여자를 구해주고, 공장에서 만난 가난한 동생을 위해 대신 교도소에 가고, 부모님의 집을 팔아 친구 빚을 갚아주는 그런 사람이었습니다. 그리고 장애인들의 친구였습니다. 아마 오늘 사람을 좋아하고, 사람에게 진심으로 대했던 희수형이 하늘로 올라가면 예수님이 많이 좋아할 듯합니다. 자기와 닮은 친구 하나 왔다고 말입니다. 이제 희수형은 듣지 못하겠지만 마지막으로 형에게 한 번도 하지 못했던 말을 하고 마치겠습니다."

희수형의 친구들은 나의 마지막 말을 기다렸지만 나는 끝내 아무런 말도 하지 못했다. 사랑한다고, 사랑했다고 말하고 싶었는데…… 하지 못했다.

. . .

여름에는 시원하고 겨울엔 따뜻한 마트가 주호에게는 놀이터도 되고, 식당도 되고, 도서관도 됩니다. 마트에서 주호가 제일 먼저 가는 곳은 실내놀이터입니다. 주호는 얼마 전 실내놀이터 앞에서 놀고 있는 아이들을 바라보고 있었습니다. 구경하고 있는 주호를 실내놀이터 알바형이 불렀습니다. 주호는 몰랐지만 실내놀이터 알바형은 매일 같은 자리에서 놀이터를 바라보고 있는 주호가 마음에 걸렸던 모양입니다.

마트 아이

마트 아이

아침 여덟 시. 눈을 비비고 일어난 주호는 제일 먼저 텔레비전을 켭니다. 텔레비전 소리가 방 안을 쿵쿵 울릴 정도로 볼륨을 크게 올립니다. 주호는 텔레비전 소리라도 크게 들려야 덜 외롭고, 덜 무서운 모양입니다. 주호는 세수도 안 하고 바로 냉장고에서 김치를 꺼내고, 밥솥에서 밥 한 공기를 퍼 식탁에 앉습니다. 식탁 김 한 봉지도 뜯었지만 주호는 숟가락을 들고 한참을 망설입니다. 밥을 먹을까, 말까 고민하는 모양입니다. 일어나자마자 밥을 먹으려니 그다지 입맛이 없겠죠. 고민하던 주호는 돌아가신 아버지가 해주던 계란볶음밥을 만들어 먹기로 결정했습니다. 아버지는 주호가 반찬 투정을 할 때면 맛있는 계란볶음밥을 만들어주셨습니다. 아버지가 계란볶음밥을 만들 때, 주호는 옆에서 조수 역할을 하면서 자연스럽게 요리를 배웠답니다. 계란볶음밥은 잘 익은 김치와 함께 먹으면 더욱 맛이 있습니다. 양손에 젓가락을 하나씩 들고 김치를 찢으려는 순간 "김치는 손으로 쭉 찢어야 제 맛이지. 그렇게 젓가락으로 김치를 찢으면 맛이 안 나지." 하는 아버지의 목소리가 바로 곁에서 들리는 듯합니다. 젓가락으로 김치를 찢던 주호가 떨리는 마음으로 머리를 돌려봅니다. 주위를 조심스럽게 살펴보지만 아무도 없습니다. 주호는 이내 고개를 떨어뜨립니다. 그때 주호의 눈에서 추억 한 방울이 계란볶음밥 위로 떨어집니다. 계란볶음밥을 다 먹고 설거지까지 끝낸 주호가 이제는 빗자루를 들고 방을 씁니다. 엄마가 미리 빨아놓은 걸레를 양쪽 발에 붕대를 감듯이 돌돌 말아 묶습니다. 엄지발가락에 힘을 주어 스케이트를 타듯 죽죽 밀면서 방을 훔칩니다. 얼렁뚱땅 청소를 마친 주호는 목에 걸린 휴대전화의 폴더를 열어 시간을 봅니다. 이제 곧 마트가 문을 열 시간입니다.

　방학을 하고부터 주호는 더욱 심심해졌습니다. 주호의 친구들은 방학이면 학원을 몇 개씩 다닌답니다. 멀리 해외로 놀러 가는 친구도 있고, 시골집으로 가는 친구들도 있습니다. 학원도 안 다니는 주호는 같이 놀 친구가 한 명도 없습니다. 그래서 주호는 마트로 갑니다. 여름에는 시원하고 겨울엔 따뜻한 마트가 주호에게는 놀이터도 되고, 식당도 되고, 도서관도 됩니다. 마트에서 주호가 제일 먼저 가는 곳은 실내놀이터입니다. 주호는 얼마 전 실내놀이터 앞에서 놀고 있는 아이들을 바라보고 있었습니다. 구경하고 있는 주호를 실내놀이터 알바형이 불렀습니다. 주호는 몰랐지만 실내놀이터 알바형은 매일 같은 자리에서 놀이터를 바라보고 있는 주호가 마음에 걸렸던 모양입니다. 알바형은 주호를 불러 돈을 안 내도 좋으니 들어와 놀라고 했습니다. 대신 아이들이 많을 때는 자리를 비켜주는 조건이었습니다. 고마운 형에게 주호는 놀이터에서 놀면서 떨어진 쓰레기도 줍고, 흘린 음료수도 걸레를 들고 와 닦았습니다. 놀다 넘어진 아이들도 일으켜 세웠습니다. 알바형은 주호의 머리를 쓰다듬으며 그럴 필요가 없다고 했지만 주호는 그렇게 해야만 마음이 가벼웠습니다.

주호는 오늘도 알바형에게 큰소리로 인사를 하고 게임기 앞으로 가 게임을 합니다. 다른 아이들이 게임을 한다고 하면 주호는 자리를 비켜줘야 합니다. 아이들이 적은 아침시간이 주호가 게임하기에는 제일 좋습니다. 같은 게임을 매일 아침마다 하다 보니 이제는 도사가 다 되었습니다. 주호가 게임을 하면 아이들이 몰려와 게임 구경을 합니다. 주호는 구경하는 아이들이 신경 쓰입니다. 돈도 안 내고 들어온 아이가 혼자 게임기를 독차지하는 것처럼 보일까봐 걱정이 됩니다. 오늘도 게임을 하는 주호 곁에 한 아이가 구경을 하고 있습니다. 주호는 계속 마음이 쓰입니다. 그 아이를 슬쩍 쳐다보니 게임을 하고 싶어 하는 눈치입니다. 아직 신기록을 세우려면 조금 더 해야 하지만 주호는 그냥 일어섭니다. 주호가 일어선 그 자리에 아이가 환한 얼굴로 앉아 게임을 합니다. 주호는 놀이터 구석에 있는 볼풀 속으로 들어갑니다. 주호는 볼풀 속에서 가만히 누워 있습니다. 가만히 누워 있던 주호는 조금씩 몸을 움직여 볼풀 속으로 깊이 들어갑니다. 눈앞에 색색의 공들이 주호를 향해 방긋 웃고 있습니다. 하지만 주호는 눈앞이 흐려집니다. 아버지가 돌아가시기 전에 마지막으로 함께 놀았던 곳이 실내놀이터였습니다. 볼풀에서 엄마와 주호가 한 편이 되어 아버지를 공격했습니다. 색색의 공들을 던지면 아버지는 총 맞은 군인처럼 "으악" 비명을 지르며 볼풀 속으로 쓰러졌습니다. 일어날 때가 됐는데 아버지가 일어나지를 않습니다. 주호는 살짝 걱정이 되어 조심스럽게 다가가 봅니다. 아버지가 갑자기 벌떡 일어나 주호를 번쩍 안아 옆구리를 간질였습니다. 주호는 까르르 웃으며 항복을 외쳤죠. 하지만 이제 볼풀 속에는 주호만 있습니다. 주호는 방긋 웃고 있는 색색의 공들 속에 그리움 한 방울을 남겨놓고 일어섭니다.

실내놀이터 밖에서 구경을 하고 있는 종수가 주호의 눈에 들어옵니다. 주호는 며칠 동안 같은 자리에 서서 구경만 하는 종수가 매번 신경이 쓰였습니다. 주호는 볼풀 밖으로 튀어나온 볼을 정리하고 종수에게 갔습니다.

"너, 나 알지?"

종수는 말없이 고개만 끄덕입니다. 종수의 눈에는 눈물이 그렁그렁합니다. 주호는 며칠째 마트에서 서성이는 종수를 눈여겨보고 있는 중이었습니다.

"무서워하지 마. 몇 살이야?"

종수는 주호보다 두 살이 어린 아홉 살이었습니다. 목에 걸린 휴대전화의 시계를 본 주호는 종수를 데리고 식품매장으로 들어갑니다. 주호는 식품매장 입구 앞에서 종수를 세워놓고 낮은 목소리로 이야기합니다.

"지금부터 시식코너를 돌면서 점심을 해결하는데 몇 가지 주의사항을 전달하겠다. 하나, 매장에 들어갈 때는 아줌마 곁에 아들처럼 붙어서 들어간다. 둘, 이쑤시개는 버리지 말고 계속 들고 다닌다. 셋, 음식을 찍을 때는 두 개 이상 찍는다. 넷, 시식코너에 사람들이 없을 때 또는 너무 많을 때는 먹지 않는다. 다섯, 다 먹은 후에는 큰소리로 '아! 맛있다. 엄마에게 사달라고 해야지.'라며 아줌마에게 웃어준다. 이상, 끝. 내가 먼저 할게, 보고 따라해. 알았지?"

종수는 씩씩한 주호가 왠지 좋습니다. 그동안 종수는 마트에서 서성이기만 했지 딱히 무엇을 할 생각도, 용기도 없었습니다. 사실 종수는 혼자가 아니라 둘이라는 것이 더 좋았을 겁니다. 종수는 주호를 따라다니며 두부, 군만두, 햄, 돼지갈비, 동그랑땡을 먹습니다. 마른 음식만 먹어서 그런지 종수가 연신 마른기침을 합니다. 주호는 종수를 데리고 정수기로 갑니다.

"형, 정수기에서 콜라가 나오면 얼마나 좋을까?"
"종수야, 콜라 먹고 싶니?"

주호는 종수를 데리고 패스트푸드점 근처에 있는 휴지통을 뒤져 패스트푸드점 음료수컵을 찾아냅니다. 이어 화장실로 가

컵을 깨끗이 씻어옵니다.

"이 방법은 자주 하면 안 돼. 정말 콜라가 먹고 싶을 때 하는 거야. 알았지?"

아는 누나가 매장에 나올 때까지 주호는 패스트푸드점을 기웃거렸습니다. 마침 주호가 기다렸던 누나가 나타났습니다.

"누나, 여기 콜라 리필 좀 해주세요."
"너, 이러면 안 된다고 누나가 말했지?"
"아이, 누나 한 번만……."
"요 녀석이, 마지막이야. 컵은 깨끗이 씻은 거지?"

주호는 콜라가 가득 담긴 컵을 종수에게 줍니다. 종수의 새우 눈이 반짝이는 사슴눈이 되어 주호를 바라봅니다. 주호는 괜히 종수 앞에서 어깨를 으쓱합니다.

"난 방학 때면 항상 마트에서 지내. 엄마도 일 끝나면 마트로 날 찾아와. 마트 구석구석 내가 모르는 곳이 없어. 하지만 우리는 마트에 있는 듯 없는 듯 지내야 돼. 그래야 이곳에 오래 있을 수 있지. 종수야, 이제 책 보러 가자."

주호와 종수는 의좋은 형제처럼 두 손을 꼭 잡고 살짝살짝 앞뒤로 흔들면서 이 층에 있는 서점으로 갑니다. 종수 역시 주호처럼 엄마와 단둘이 산다고 합니다. 엄마와 단둘이 사는 것이 얼마나 심심한지 주호는 너무나 잘 알고 있습니다. 주호는 종수를 친동생처럼 그동안 마트에서 생활하며 터득한 모든 것들을 알려주고 있습니다. 종수는 주호의 손을 잡고 걸으며 '주호형이 진짜 형이었으면 얼마나 좋을까? 그러면 집에서 혼자 밥을 먹지 않아도 되고 카드게임도 함께할 수 있을 텐데.'라고 생각합니다. 주호형이 카드를 모은다면 종수는 책상 서랍 밑에 깊숙이 숨겨둔 제일 아끼는 카드를 다 줘도 하나도 아깝지 않을 것 같습니다. 주호와 종수는 서점에 나란히 앉아 동화책을 읽습니다. 주호는 책을 읽다 종수가 책을 다 읽으면 벌떡 일어나 다른 동화책을 골라줍니다. 주호와 종수는 서로 책을 보여주며 웃기도 합니다. 서점 귀퉁이에 앉아 동화책을 한참 읽고 있을 때 서점 누나가 다가옵니다.

"너희들 엄마는 어디 계시니? 책은 사서 읽는 거지 그렇게 앉아서 읽는 게 아니야. 어서 엄마에게 책 사달라고 해, 알았지."

종수는 겁에 질린 얼굴로 주호를 바라봅니다. 주호는 종수의 손을 잡고 일어나 조용히 서점을 나갑니다. 주도 종수도 아무런 말이 없습니다. 종수에게는 처음이겠지만 주호에게는 이런 상황들이 너무나 익숙합니다. 이럴 때마다 주호는 가슴이 답답해지며 눈물이 핑 돕니다. 오늘은 곁에 종수가 있으니 눈물을 보일 수 없습니다. 대신 종수의 손을 꼭 잡은 채 걷습니다. 이 층을 크게 한 바퀴 돌아 에스컬레이터를 타고 삼 층 의류매장으로, 삼 층을 돌아 에스컬레이터를 타고 사 층 생활매장으로, 이제 승강기를 타고 다시 일 층으로 내려갑니다. 주호와 종수는 마트 밖에 있는 긴 의자에 머리를 맞대고 누워 하늘을 보고 있습니다. 하늘에 하얀 구름이 둥실둥실 떠다닙니다.

"형, 저 구름은 토끼구름이다. 어, 저 구름은 꼭 아이스크림 같다. 그지?"
"정말 아이스크림 같네. 종수야, 아이스크림 먹고 싶니?"
"응, 그런데 돈이 없잖아."
"형이 아이스크림 사줄게, 따라와."

주호와 종수는 승강기를 타고 옥상주차장으로 올라갑니다. 승강기 안에서는 시내가 한눈에 다 보입니다. 주호가 사는 임대아파트도 보이고, 종수가 사는 다가구주택도 보입니다. 수많은 자동차와 바쁘게 다니는 사람들과 나무 그늘에 앉아 부채를 연신 흔들고 있는 아저씨도 보입니다. 뜨거운 햇빛이 쏟아지는 주차장 입구에 서 있는 키 큰 누나가 손을 흔들고 허리를 숙이며 인사를 하는 모습도 보입니다. 차에서 내리는 아줌마도 보이고, 차의 주차를 대신 해주는 할아버지도 보입니다. 여기서 보이지 않는 곳에서 주호의 엄마는 화장품 공장에서 화장품을 용기에 담고 있을 것입니다. 두 시간을 서서 컨베이어 벨트를 타고 내려오는 화장품 용기와 씨름하면 사이렌 소리와 함께 십 분의 휴식 시간입니다. 오전에 한 번, 오후에 한 번 사이렌 소리를 들어야 주호 엄마는 집에 올 수 있습니다. 종수의 엄마는 식당에서 일을 합니다. 손님들이 고기를 먹기 좋게 자르기도 하고, 음식을 나르고, 다 먹은 자리를 다음 사람을 위해 깨끗하게 치우는 일을 합니다. 바쁠 때는 허리를 제대로 한 번 펴보지도 못해 앉았다 일어날 때면 "끙" 하는 낮은 신음소리를 내곤 합니다. 요즘은 장사가 안 된다는 핑계로 일하는 사람 수를 줄여 더 바쁘답니다. 종수 엄마는 밥도 제때 못 먹어 위장병에 쓰린 배를 움켜잡으며 일을 합니다. 벽에 걸린 시계를 흘끔흘끔 바라보며 일을 합니다. 집에서 종수 혼자 엄마를 기다리고 있기 때문이죠.

주호와 종수도 언젠가는 땀 흘리며 열심히 일하는 어른이 되겠죠. 사실 주호는 그런 날이 빨리 오기만을 손꼽아 기다리고 있습니다. 주호가 어른이 되어 돈을 벌면 엄마는 집에서 쉴 수 있을 테니까요. 주호는 밤마다 손목이 시큰거린다며 파스를 붙이시는 엄마를 보면 속이 상합니다. 주호는 가끔 엄마가 주무실 때 팔, 다리를 주물러줍니다. 하루 종일을 서서 일하시는 엄마의 다리는 무처럼 짧고, 알통이 툭 튀어나와 있습니다. 또 팔은 가느다란 꼬챙이처럼 뼈만 앙상하게 남았습니다. 엄마가 잠에서 깨지 않도록 살살 안마를 하고 있으면 엄마는 잠을 자면서 "아휴, 시원하다. 우리 아들이 효자네." 하며 코를 곱니다. 주호 엄마는 화장을 하지 않아 훨씬 나이가 들어 보입니다. 주호는 엄마가 화장품을 살 돈이 없기 때문에 화장을 안 한다고 생각합니다. 하지만 주호가 알면서도 모르는 것이 있습니다. 엄마는 화장품을 살 돈이 없는 것이 아니라 화장품을 살 돈을 아끼고 있습니다. 아낀 돈은 주호를 위해 쓰려고 저금을 하고 있는 것을 주호는 모릅니다. 주호는 안마를 하면서 엄마가 다른 아줌마처럼 화장도 하고,

예쁜 옷도 입었으면 좋겠다고 생각했습니다.

주호와 종수를 태운 승강기가 옥상주차장에 섰습니다. 주호는 옥상주차장을 둘러보며 종수에게 이야기합니다.

"이제부터 주차장에 돌아다니는 카트를 모은다. 카트를 제자리에 갖다 꽂으면 백 원이 나오거든. 그 돈을 모아서 아이스크림을 사먹는 거다, 알았지? 그럼 누가 많이 모으나 시합하는 거다. 준비, 땅."

주호와 종수는 주차장에 돌아다니는 카트를 제자리에 꽂아 칠백 원을 벌었습니다. 그리고 패스트푸드점으로 달려가 육백 원짜리 아이스크림을 한 개 샀습니다. 주호는 종수가 아이스크림을 맛있게 먹고 있는 모습을 보며 빙긋이 웃고 있습니다.

"형은 안 먹어?"
"난 아이스크림이 정말 싫어."

두 대의 헬리콥터가 서로를 바라보며 총을 쏘며 날아오다 한 대가 꼬리날개에 총을 맞고 휘청거리며 추락합니다. 휘청거리던 헬리콥터는 높은 빌딩을 향해 정면으로 날아갑니다. 사무실에서 일하고 있던 사람들은 유리창 너머로 날아오는 헬리콥터를 보고 비명을 지르며 도망을 갑니다. 헬리콥터가 도망가는 사람들을 향해 유리창을 부수고 건물 안으로 빨려 들어갑니다. 헬리콥터의 꼬리날개가 빠지며 부메랑처럼 주인공을 향해 빠르게 날아갑니다. 도망가던 주인공은 앞구르기를 하며 책상 밑으로 몸을 던집니다. 때마침 헬리콥터의 꼬리날개는 책상에 박혀 주인공은 목숨을 건집니다. 헬리콥터 꼬리날개가 책상에 박힐 때 종수는 비명을 지릅니다. 종수의 비명소리에 전자제품 코너에 있던 사람들이 화들짝 놀라 주호와 종수를 쳐다봅니다. 주호와 종수는 벽걸이 텔레비전 앞에 쪼그려 앉아 영화를 보고 있었습니다. 양복을 입은 아저씨가 다가와 구둣발로 앉아 있는 주호와 종수를 툭툭 치면서 웃는 얼굴이지만 화난 목소리로 이야기합니다.

"이놈들이, 어서 가지 못해."

발길에 차여 엉거주춤 일어난 주호는 풀이 죽은 종수의 손을 잡고 마트를 떠돕니다. 비슷한 물건을 양손에 들고 가격 비교를 하는 사람들 속을 헤집고 나갑니다. 주호는 커플 옷을 입은 신혼부부가 맞잡고 흔드는 손에 느닷없이 얼굴을 맞아도 눈물 한 방울 안 흘리고 앞으로 나갑니다. 종수는 물건을 고르는 데 정신이 팔려 사람이 지나가는지도 모르는 아줌마의 카트에 치이면서도 앞으로 나갑니다. 아프다는 소리도 내지 못하고, 그저 앞으로 나갑니다. 특별히 갈 곳도, 할 것도 없는 주호와 종수는 손을 잡고 마트를 돌고, 돌고 또 돕니다. 손님이 제일 많은 저녁 일곱 시, 비상계단에 쪼그려 앉은 주호와 종수는 배도 고프고 다리도 아픕니다. 종수는 꾸벅꾸벅 졸고 있습니다. 주호가 종수를 흔들어 깨웁니다.

"종수야, 편하게 잘 곳이 있어, 가자."

졸린 눈을 비비며 종수는 주호의 손을 잡고 계단을 내려갑니다. 더 이상 내려갈 곳이 없는 마지막 지하주차장까지 내려간 주호는 '관계자외 출입금지'라고 쓰인 문을 열고 안을 조심스럽게 살핍니다.

"아무도 없다, 들어가자."

커다란 보일러 사이를 고개를 숙여가며 안으로 들어가다 보면 기계와 기계 사이에 한 사람이 너끈하게 누울 수 있는 공간이 나옵니다. 그 공간에는 박스가 몇 겹으로 푹신하게 깔려 있습니다. 주호는 어깨를 으쓱해 보입니다.

"가끔 들어와서 한숨 자고 가는 나만의 본부지. 오늘 많이 걸어서 피곤하지? 저녁 때가 되긴 했지만 한 시간만 쉬다 집에 가자. 참, 너 혼자서는 이곳에 절대 들어오면 안 돼. 알았지. 이곳에 들어오다 아저씨에게 걸리면 얼마나 혼이 나는지 넌 모를걸. 얼마 전에 여기서 자다가 아저씨에게 걸려서 손들고 한 시간이나 벌을 섰어. 가스가 새면 죽을 수도 있는 위험한 곳이라 다시는 안 들어오겠다고 맹세를 하고 풀려났지. 하지만 마트에서 이곳만큼 편하게 다리를 쭉 펴고 쉴 만한 공간도 없지. 가스 냄새도 나고 조금 많이 시끄럽지만."

주호와 종수는 소리를 낮추어 킥킥거리며 웃습니다. 주호와 종수에게는 둘만 아는 비밀이 생긴 것입니다.

"형, 내일도 마트에 올 거야?"
"응, 개학할 때까지는……."
"그럼, 겨울방학 때도 올 거야?"
"글쎄, 그때는 가봐야 알 것 같은데."

주호는 다가올 겨울방학 때는 마트에 나오지 못할 것입니다. 내년에 주호는 고학년이 됩니다. 지금처럼 매일 놀기만 하면 엄마가 걱정할 것을 주호는 잘 알고 있습니다. 주호와 종수는 박스에 누워 서로의 옆구리를 간질이는 장난을 치다 어느새 잠이 듭니다. 주호는 꿈속에서 예쁘게 화장한 엄마와 마트를 다니며 장을 봅니다.

"우리 아들, 뭐 먹고 싶어?"
"엄마, 김밥 싸서 아빠랑 소풍 가자."
"아주 좋은 생각이네. 맛있는 김밥 만들어서 내일 아빠랑 놀이공원에 가자."

소풍 준비를 마친 주호와 엄마는 화장품 코너로 갑니다. 눈썹을 그리는 연필도 사고, 볼에 찍는 파우더도 삽니다. 물론 스킨과 로션도 삽니다. 주호는 엄마가 보는 앞에서 지갑을 열고 화장품값을 계산합니다. 어느새 주호는 멋진 양복을 입고 반짝이는

구두를 신은 신사로 변했습니다. 주호는 숙녀복 매장으로 들어가 항상 청바지만 입고 다니는 엄마를 위해 치마를 고릅니다. 다리가 못생겨서 안 입겠다는 것을 억지로 졸라서 공주가 입었을 듯한 치마를 고릅니다. 엄마가 탈의실에서 치마를 입고 나옵니다. 물방울무늬 주름치마가 엄마의 움직임에 따라 하늘하늘 춤을 춥니다. 엄마의 주름치마도 주호가 지갑을 열어 계산합니다. 주호와 엄마는 팔짱을 끼고 물건이 가득 쌓여 있는 카트를 밀며 유유히 걷습니다. 모든 사람들이 주호와 엄마를 연예인 보듯 부러운 얼굴로 바라봅니다. 주호의 휴대전화가 반짝이고 있습니다. 전화벨이 반짝거리며 울다 지쳐 음성녹음으로 넘어갑니다. 휴대전화의 폴더에는 '사랑하는 울 엄마'의 부재중 전화가 여덟 번째입니다. 주호는 기계실의 소음이 커서 벨소리를 듣지 못하나 봅니다. 아니면 엄마와 마트에서 장을 보는 꿈이 너무나 행복해서 깨어나지 않는지도 모르죠. 또다시 주호의 휴대전화에 '사랑하는 울 엄마'의 아홉 번째 전화가 울립니다. 전화벨 소리와 함께 마트의 영업종료를 알리는 노랫소리가 들립니다. 기계실 출입구도 덜컹거리며 문이 잠겼습니다. 주호와 종수를 흐릿하게 비추던 전구도 꺼졌습니다.

...

일단 302호에서 보일러를 외출로 돌려놓고, 화장실 변기물도 내리고, 주방 수도도 물이 졸졸 흐르게 틀어놓고 생각을 했다. 분명 그는 혼자 있을 것이다. 먼저 기절을 시키고, 준비한 빨랫줄로 목을 매달고 조용히 나와야 한다. 이제 십 분 후, 문 앞을 지키는 경찰들 교대 시간이다. 교대로 정신이 없어 내가 302호에 있다는 것을 인수인계하지 않을 수도 있다. 나는 빨랫줄과 혹시 모를 상황을 위해 망치를 허리춤에 걸고 조용히 302호 문을 열고 나왔다.

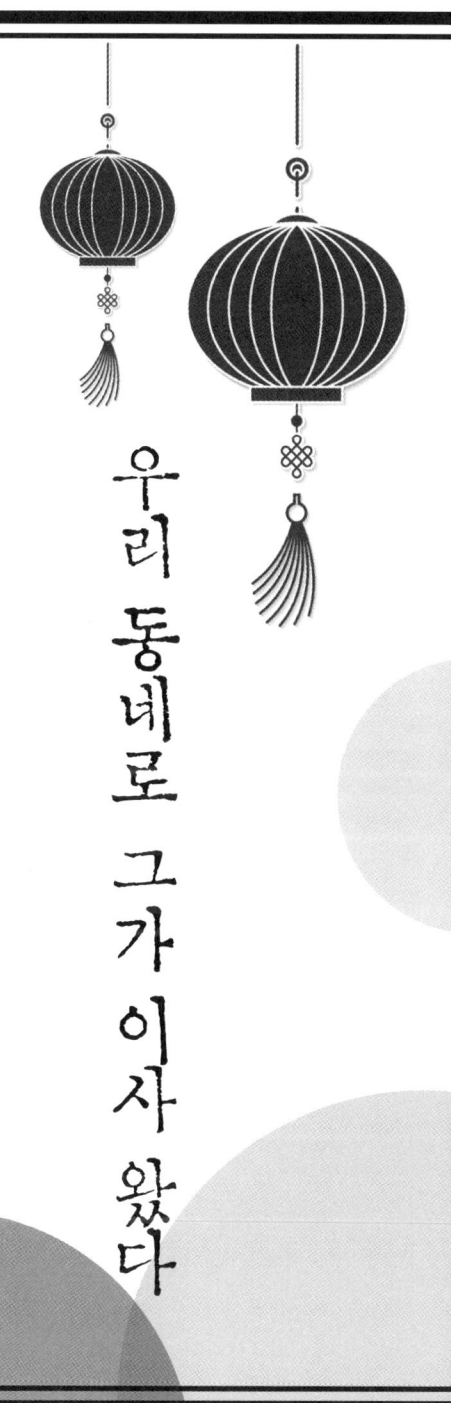

우리 동네로 그가 이사 왔다

우리 동네로 그가 이사 왔다

　12월 어느 날, 8살 여자아이를 강간, 상해한 전과 17범의 그가 우리 동네로 이사 왔다. 그의 집 앞 골목은 경찰, 유투버, 기자 그리고 구경나온 동네 사람들까지 인산인해를 이루었다. 골목 곳곳에서 격앙된 유투버들과 경찰들의 대치는 살얼음판을 걷는 듯 위태로웠다. 곧 살얼음이 깨질 것 같은 골목 안으로 그를 태운 호송차가 들어왔다. 골목 안으로 들어오는 호송차를 바라보는 경찰과 유투버들 사이에 묘한 긴장감이 흘렀다. 호송차가 집 앞에 섰을 때, 호송차 위로 한 유투버가 뛰어올랐다. 신호를 기다렸다는 듯이 유투버들은 그를 향해 밀물 듯이 몰려들었다. 여기저기 어른들이 듣기에도 낯부끄러운 욕설이 난무했다. 그를 죽여버리겠다며 경찰 저지선을 무력으로 뚫으려는 유투버, 호송차를 향해 계란을 던지는 유투버, 또 그 모습을 찍으려는 기자와 유투버들. 한순간에 그곳은 난장판이 되었다. 이내 호송차의 문이 열리고 다소 긴 백발의 머리가 살짝 보였다. 모자를 깊게 눌러쓴 그가 한 손에 귤을 쥐고 호송차에서 조심스럽게 내렸다. 모여 있는 시민들을 흘끔 쳐다보는 그의 눈빛은 살아있었다. 아니 섬뜩했다. 그는 경찰들의 보호를 받으며 빠르게 집 안으로 들어갔다. 집 안으로 들어가는 그의 손에 쥐고 있던 귤 하나, 그 귤이 12년 만에 만나는 아내를 위한 작은 선물이었으면 좋겠다는 생각을 잠깐 했다. 그가 집에 들어간 후, 보일러 연통에서 연기가 올랐다. 그의 아내는 그를 따뜻하게 맞아준 모양이었다. 유튜버들은 해가 저물 때까지 고함을 지르고, 욕설을 하며 그의 집 앞을 지켰다. 우리 동네로 이사 온 그와 난장판이 된 골목을 지켜보다 뜬금없지만 아버지가 입버릇처럼 하신 말씀이 떠올랐다. 집안 대대로 내려오는 가훈이라고 해도 무방할 말은 '모난 돌이 정 맞는다.'였다. 증조할아버지는 활빈당 단원이었다. 할아버지는 동학군이었다. 아버지는 빨치산이었다. 우리 집안은 대대로 모난 돌이었다. 아버지는 술 한 잔 할 때도, 식구들이 둘러앉아 밥을 먹을 때도, 길을 걷다 잠시 숨을 고를 때도, 언제나 나에게 당부했다. 제발, 모난 돌로 살지 말라고. 나는 아버지에게 약속을 했다. 아버지, 둥글둥글하게 살겠습니다. 결코 모난 돌이 되지 않겠습니다. 하지만 그가 우리 동네로 이사 온 그날, 섬뜩한 그의 눈빛을 본 그날, 아버지와의 굳은 약속을 그가 흔들고 있음을 느꼈다. 흰소리 그만하고 이제 그와 나의 숨 가쁘던 순간, 아니 절체절명 순간의 이야기를 해야겠다. 아, 이야기를 시작하기 전, 짧게나마 나를 먼저 소개하는 것이 순서일 듯싶다.

　　나는 민족중흥의 역사적 사명을 띠고 이 땅에 태어났다. 조상의 빛난 얼을 오늘에 되살려 안으로 자주독립의 자세를 확립하고, 밖으로 인류공영에 이바지할 때다. (중략) 반공, 민주 정신에 투철한 애국 애족이 우리의 삶의 길이며, 자유세계의 이상을 실현하는 기반임을 초등학교 때 배운 사람이다. 그 당시 어린 국민들은 수업을 마친 후 교실 정면에 걸려 있는 국민교육헌장을 다 외어야 집에 갈 수 있었다. 다 외운 어린 국민들은 손을 들고 교단 앞으로 나와 선생님과 친구들을 바라보며 국민교육헌장을 큰 소리로 외웠다. 선생님의 마르고 갈라진 목소리로 '통과'를 외치면 집에 갈 수 있었다. 자리로 돌아가 당당하게 가방을 둘러메고, 아이들의 부러운 시선은 뒤통수로 받으며 교실을 걸어 나갔다. 내 나이 또래는 아직까지도 국민교육헌장을 가슴에 새기고 살고 있을 것이다. 초등학교에서 집으로 가는 골목 구석구석에는 내가 뱉어놓은 국민교육헌장들이 먼지처럼 쌓여 오가는 사람들 발걸음에 맞춰 지금도 날리고 있을 것이다. 그렇게 우리 어린 국민들은 국가를 위해, 또는 민족을 위해 무엇인가를 해야 한다는 부채의식과 사명감으로 살았다. 12월의 어느 날, 몇 발의 총성이 들렸고, 광화문에 장갑차가 등장했다. 우리는 지나가는 장갑차를 향해 손을 흔들었다. 시간이 조금 지나 파출소마다 '정의사회구현'이라는 입간판이 걸리고, 정의사회구현에 조금이라도 방해가 될 듯싶은 사람은 국가에서 모조리 교육대학에 보내주는 일이 생겼다. 외신들은 우리나라의 높은 교육열에 혀를 내두르며 앞 다투어 세계의 구석구석까지 뉴스를 전했다. 아주 눈물겹도록 자랑스러운 시절이었다. 내가 군대를 마칠 무렵에는 범죄와의 전쟁이 선포되었다. 주로 큰길에서 일어나는 범죄보다는 골목길에서 일어나는 범죄가 주 대상이었다. 그래서 군자는 대로 행이요, 대도무문이라는 말이 유행처럼 번지기도 했다. 이렇듯 나는 정의사회구현이라는 역사적 소명을 몸과 마음으로 배우고, 가슴에 새기고, 품으며 지금껏 살고 있었다. 하지만 나는 정의사회구현이라는 큰 뜻을 배웠음에도 불구하고 부끄럽게도 실천을 하지 못하고 가슴에만 품고 살았다. 그렇게 살았던 이유는 '모난 돌이 정 맞는다.'는 집안 대대로 내려오는 가훈과 '말이 많으면 공산당이다.'라는 사회정의를 눈으로, 몸으로 배웠기 때문이었다.

소시민으로 살던 어느 날이었다. 나는 우리 집 베란다에서 식후 연초는 불로장생이라는 명언을 몸소 실천하는 중이었다. 아파트 구석진 곳에서 삼삼오오 담배를 피우는 중학생들이 보였다. 아마 그 학생들도 저녁 식사를 마치고 짧은 인생이지만 불로장생을 염원하며 담배를 피우고 있었던 것 같다. 나는 베란다 창문 넘어 머리를 길게 빼고 소리를 질렀다.

"대가리에 피도 안 마른 녀석들이 어디서 담배야?"

나는 어른으로서 역할을 했을 뿐이라 생각했다. 그런데 다음 날부터 사단이 일어났다. 밤 사이 베란다 창에 계란이 투척되었다. 아무리 닦아도 지워지지 않은 날계란의 흔적. 구석구석 고루 퍼져 있는 계란이 조금씩 썩어가는 냄새는 당해보지 않는 사람은 모를 것이다. 이 녀석들은 아주 현명했다. 청소를 마친 다음 날을 기다려 어김없이 계란을 또 투척했다. 계란 투척은 돌을 던져 유리창을 깨는 것보다 더 효과적이었다. 결자해지라 했나? 나는 가족의 눈치를 받으며 베란다 청소를 도맡아했다. 틈틈이 아이들을 잡기 위해 베란다에 쪼그려 앉아 잠복을 했다. 잠복하고 있다는 것을 아이들이 알았을까 더 이상 계란 투척은 없었다. 대신 더 무서운 일이 생겼다. 베란다와 거실에 한여름에 눈이 내렸다. 아마 계란값을 감당하기 힘들었는지 아이들은 복도에 설치되어 있는 소화기로 베란다창을 통해 집 안에 눈을 뿌렸다. 한여름에 눈이 온 사건을 경찰에 신고했다. 출동한 경찰은 자초지종을 듣고 "요즘 아이들 얼마나 무서운지 모르냐?"며 다음부터는 아이들을 피해 다니라는 고마운 충고를 하고 사라졌다. 하지만 그 질긴 녀석들은 끝이 없었다. 그 중 제일 견디기 힘들었던 것은 모두가 잠자리에 든 깊은 밤에 일어났다. 현관문을 발로 차, 모든 식구가 자다가 벌떡 일어나게끔 만든 일이었다. 요즘 아이들은 학교에서 끈기는 제대로 배우는 모양이었다. 베란다 잠복근무에서 벗어난 지 얼마 안 되었는데 이제는 현관문 앞에서 꾸벅꾸벅 졸면서 잠복근무를 서야 했다. 현관문 차기는 이제 유행이 되어 우리 집 아이도 집에 들어올 때, 초인종 대신 문을 발로 차는 지경까지 갔다. 겨울이 지나고 봄이 다가오자 현관문 발차기는 어느새 자취를 감췄다. 가족회의 결과 집 앞에 있는 학원은 중학생 전문학원이므로 문을 찬 녀석이 고등학교로 진학을 했다는 결론을 냈다. 처음으로 고등학교에서 실시하는 0교시 수업과 강제 자율학습이 고마워 눈물이 났다. 단 한 번의 발언이 이토록 심한 고통을, 그것도 아주 길게 주리라고는 생각지 못했다. 일 년을 이루 말할 수 없는 고통 속에 시달리며 나는 생각했다.

나는 있는 듯 없는 듯 조용히 숨죽이며 사는 것이 정의사회구현에 일조하는 방법이라고 배웠다. 하지만 나 혼자 조용히 산다고 구현될 정의사회가 아니었다. 슈퍼맨이 지구를 지키고, 베트맨이 고담시를 지킨다면 나는 우리 동네를 지키겠다. 더 이상 코 찔찔 흐르는 중학생에게 당하지 않겠다는 결연한 의지가 나를 두 주먹 불끈 쥐고 땅을 박차고 일어서게 만든 것이었다. 나는 어른으로서 우리 아이들을 위해 가훈을 버리고 모난 돌이 되기로 결심했다.

여기서 우리는 정의사회란 무엇인가? 고민을 안 할 수 없다. 사람들이 어울려 사는 세상을 사회라 하는 것은 알겠는데 정의는 잘 모르겠다. 정의의 개념은 생각 이상으로 너무 많았다. 여러 권의 책을 읽고 나름대로 나만의 정의를 구축했다. 롤스는 '정의론'을 통해 자유와 평등 사이에서 일어나는 이율배반적 문제를 해결하기 위해 자유주의의 틀 속에서 평등의 요구를 끌어안는 대안을 제시하였다. 그가 제시한 대안의 골자는 정의의 원칙을 통하여 공정성을 확보하고, 그 원칙을 따랐을 때 그 결과도 정의롭다는 것이다. 그는 '평등한 자유의 원칙'과 '차등의 원칙'이라는 두 원칙을 바탕으로 정의의 원칙을 구체화하였다. 하지만 이론이 아무리 정교하고 간명할지라도 그것이 진리가 아니라면 배척되거나 수정되어야 하듯이, 법이나 제도가 아무리 효율적이고 정연할지라도 그것이 정당하지 못하면 개선되거나 폐기되어야 한다. 사회가 점점 복잡해지고 사람들의 이해관계로 갈등이 커지면서 정의는 사회적 성격을 띠게 되었다. 그러나 정의가 무엇인가에 대한 관점은 시대와 장소에 따라, 혹은 이념적 입장에 따라 다양하다. 동화책 속에서 토끼와 거북이가 경주를 한다. 토끼와 거북이가 동일한 출발선에서 출발하지만 조건이 같지 않다. 이것은 형식적인 기회 균등만이 주어질 뿐 실질적인 기회 균등이 제공되지 않은 부정의한 상황이다. 사회를 둘러보면 같은 출발선이라 짐짓 공정하게 보이면서도 실은 결코 공정하지 않는 출발선이 수없이 존재했다. 서로 눈짓을 주고받으며 시행되는 부정과 힘없는 자에게 강하고, 강한 자에게는 한없이 약한 사회, 소수자의 배려가 없는 약육강식의 사회, 암묵적인 불의가 이 땅에 판을 치고 있었다. 그래서 나는 결심했다. 내가 살고 있는 동네만큼은 고담시 못지않은 정의로운 동네로 바꿀 것이다. 둥글둥글한 나를 버리고 모난 돌로 새롭게 태어날 것이다.

이쯤에서 나를 '저 사람 도대체 뭐 하는 사람이야?'라는 궁금증을 가질 것 같다. 사람들은 나를 윤 총장이라 부른다. 나는 법대를 나오지는 못했지만, 법대를 들어갔던 사람이며, 부동산법을 공부한 사람이다. 나의 직업은 부동산 중개인이다. 사람들이 나를 윤 총장이라 부르는 이유는 내가 그날 이후, 나름 고소, 고발을 많이 했기 때문이다. 오로지 정의사회구현을 위한 나만의 방법이었다. 사람들은 좋게 말을 하면 듣지 않았다. 무조건 법대로 해야 말을 들었다. 대한민국은 대통령보다 법이 우선인 사회이다. 연간 고소, 고발 건수가 60만 건에 달한다. 일본의 140배요, 미국에 160배다. 우리가 흔히 '법대로 하자.'는 말에는 한국 사회의 저간의 사정들이 숨어 있다. 첫째, 그동안 약자를 보호하는 시스템이 부족했다는 것이다. 둘째, 합리적 갈등 조정을 경험해 보지 못한 시민 사회의 산물이다. 그리고 우리는 말보다는 힘이 통하는 사회를 보고 자랐기 때문이었다. 결론적으로 법만큼은 우리를 지켜주리라 믿었다. 하지만 우리의 믿음은 법의 힘만 더욱 키워주는 오류를 범하고 말았다. 법으로 먹고사는 경찰, 변호사, 검사, 판사의 세상이 되었다. 하고 싶은 말은 많지만 이만 줄이고, 내가 어떻게 정의를 지켜왔는지 말이 나온 김에 조금만 이야기하고 바로 그 이야기를 하겠다.

정의를 실천하고자 마음을 먹으니 눈에 보이는 것 모두가 불의였다. 내가 할 수 있는 작은 것부터 시작했다. 어느 순간 돌아보니 내가 어떻게 이런 일을 해냈을까? 하는 의심이 드는 일까지 많은 일을 했다. 기억나는 것을 몇 가지 적어보면, 동네 통장으로서 초등학교 앞 횡단보도에 과속방지턱과 과속카메라를 설치한 일, 버스정류장에 쓰레기통을 설치한 일, 어두운 골목에 가로등을 설치한 일, 동네 노인정에 무료 점심을 지급하게 만든 일 등이 있었다. 또한 학교 운영위원으로서 학교 행정실장의 비리를 신고한 일, 학교 김치를 국산으로 바꾼 일, 고등학교 0교시 수업을 막은 일 등이 있었다. 처음에는 전화로 문제를 제기했다. 하지만 전화는 담당자가 아니라는 틀에 박힌 말과 전화를 돌리고 돌려 담당자를 찾으면 외근 중이라는 답변만 들었다. 같은 이야기를 반복하는 것도 사람을 지치게 만드는 일 중에 하나였다. 여기서 나와 같은 뜻을 품고 정의실현의 길에 접어들고자 하는 동지들에게 몇 가지 요령을 가르쳐준다면 일단 인터넷을 이용

하라고 권하고 싶다. 인터넷에서 관련된 모든 사이트에 ctrl+c와 ctrl+v를 하면 된다. 국가 공무에 관련된 것은 청와대 게시판부터 인권위원회, 국민신문고, 국회, 관련 행정부, 시청, 구청, 동사무소 이런 식으로 ctrl+c와 ctrl+v를 하면 된다. 소비자와 관련된 일은 그룹 홈페이지부터 계열사 홈페이지, 경쟁사 홈페이지까지 ctrl+c와 ctrl+v를 하면 된다. 참 쉽다. 보통 이삼 일이면 연락이 온다. 담당자가 글을 삭제해달라며 과일바구니를 들고 오기도 했다. 이제는 동네에서 시의원에 출마하라는 격려도 받고 있다. 하지만 정의실현이라는 이야기를 하는 내가 사실 부끄러운 일이 있었다. 이 글을 쓰면서 참회하는 마음으로 고백하겠다. 나는 우리 동네 부동산 급등에 책임이 있으며, 아파트 가격 담합을 했던 공범이었다.

"윤 총장, 연락받았지?"
"무슨 연락?"
"어제 김 사장이 입주자 대표, 부녀회장과 술 한 잔 하면서 결정했다고 하네. 앞으로 우리 동네는 평당 이천이야."
"여기가 서울이야? 평당 이천이 말이 돼?"
"왜 그래? 아파트 주민도 좋고, 부동산 하는 우리도 좋고, 다 좋은 일인데."
"그래도 이천은……."

나는 한동안 평당 이천에 거래를 했다. 부동산 중개로 먹고사는 나는 평당 이천은 선택적 정의라 생각했다. 여기서 잠깐, 나의 위치에 따라, 직업에 따라 정의가 바뀔 수 있다는 노직의 정의론도 있다. 노직은 개인의 권리를 보호하고 존중하는 것이 정의라고 보았다. 기존의 롤스의 정의론이 재분배 문제에 집중했던 것과 달리, 그는 소유의 문제에 주목하였다. 그는 정당하게 소유물을 취득하였다면, 그 소유물을 얼마든지 자유롭게 처분할 수 있다는 자기 소유권 원칙에 입각한 정의, 즉 '소유 권리로서의 정의'를 제시하였다. 그러므로 선택적 정의도 정의라 할 수 있다. 평당 이천은 한동안 나에게 많은 고민이 되었다. 하지만 나는 내가 속한 조직과 개인의 안위만을 생각한 선택적 정의보다 공정의 정의를 실천하고자 한다. 그렇다. 나는 평당 이천이라는 분명 정의롭지 못한 일을 했다. 순간이지만 선택적 정의를 취한 나를 반성하고 참회한다. 나는 동네의 부동산 카르텔을 깨고, 평당 천오백에 계약을 했다. 이 일은 조만간 소문이 날 것이며, 한동안 나는 동네에서 일을 하지 못할 것이다. 그래도 나는 내가 자랑스럽다. 나는 선택적 정의를 버리고, 공정의 정의를 선택했다. 이야기가 빙빙 돌았다. 이제 우리 동네로 이사 온 그의 이야기를 해야겠다.

 그가 한 손에 귤을 만지작거리며 우리 동네에 첫발을 내딛는 순간을 이야기했다. 동네는 경찰들과 유투버, 기자들로 인산인해를 이루고 있었다. 밤새도록 유투버들은 노래를 부르고, 춤을 추고, 술을 마셨다. 길거리가 어두워지자 유투버들은 하나, 둘 사라졌다. 날이 밝자 유투버들은 바퀴벌레처럼 살금살금 기어 나왔다. 또다시 그의 집 앞은 경찰들과 유투버들과 기자들과 동네 주민들로 인산인해가 되었다. 보름쯤 지나니 유튜버들이 빠지고, 기자들이 빠지고, 경찰들도 빠지고서야 사람들이 다닐 만했다. 그리고 또 보름이 지나자 동네는 그가 이사 오기 전의 일상으로 돌아와 있었다. 그의 집 앞을 지키는 두 명의 경찰은 여전했지만 동네를 순찰하는 경찰의 수는 확연하게 줄었다. 그가 이사 오고, 한동안 동네는 이사 나가는 사람들로 정신이 없었다. 뉴스에서나 본 그가 뜬금없이 같은 건물 또는 옆집으로 이사 오니, 아이를 키우는 동네 사람들은 화들짝 놀라 부리나케 이사를 나갔다. 집은 나갈 뿐, 새로 들어오는 사람은 없었다. 건물 주인들은 전, 월세 보증금을 빼주느라 생각지 못한 고통을 겪었다. 나 역시 중개인으로서 양쪽으로부터 (집주인과 세입자) 항의를 받느라 고생을 했다. 어느새 그가 우리 동네로 이사 온 지 두 달이 지났다. 모자를 눌러쓰고 코트 깃을 세우고 동네를 돌아다녔다. 날씨 탓도 있겠지만, 그의 이사로 동네 분위기는 더욱 스산해졌다. 우선, 주민들의 동향 파악을 위해 그의 집 앞, 편의점에 들어갔다.

"김 사장, 요즘 어때?"

"마침 잘 왔어, 그러지 않아도 내가 윤 총장에게 전화하려고 했는데."

"무슨 일인데?"

"며칠 전에 그놈이 부인과 할인마트에서 한 시간 정도 장을 보고 갔거든."

"나도 들었어. 그런데 왜?"

"우리 편의점이 그놈 집에서 제일 가깝잖아. 만약에 그놈이 술을 사려고 하면 내가 팔아야 해, 팔지 말아야 해?"

"돈을 내고 물건을 사는 것은 정의지. 그것을 막으면 불의고. 그래도 걱정이 되는 건 어쩔 수 없으니까 일단 팔고, 경찰에게 연락해야겠지."

옆에서 귤을 까먹고 있던 헤어 퀸 박 원장이 한마디 거들었다.
"그럼 그 사람이 머리 자르러 오면 어쩌죠? 나는 무서워서 못 자를 것 같은데 나가라고 하면 안 될까요?"
"이 문제는 조금 복잡한데, 영업을 방해할 정도의 진상 손님이라면 거부할 권리가 있는데 그냥 조용히 머리만 자르겠다는 것을 거부하면 정의가 아닌데. 음, 거기다 그놈이니까 머리를 못 자르겠다는 것은 차별이 되잖아요. 차별은 정의가 아니죠."
"이름만 들어도 손이 벌벌 떨리는데 어떻게 잘라요?"
"그럼, 오늘 개인적인 사정이 있어서 일찍 끝낸다고 좋게 이야기하고 보내요."
"거짓말을 해요?"
"서로 마음 다치지 않게 하는 선의의 거짓말은 정의입니다."

일상 속에서 정의실현은 정말 어려운 일이다. 때로는 정의가 맞는지 고민이 되는 상황들이 나를 힘들게 하지만 나름 정의로운 판단을 내리려고 노력했다. 우리는 법보다는 대화로 문제를 해결할 줄 아는 사람들 아닌가? 그런 사람들이 적어서 문제지만 말이다. 아무튼, 몇 차례의 순찰로 그에 관한 정보를 얻었다. 우선 그의 부인은 (그녀를 만나본 사람들의 의견을 종합해보면)

보기에는 멀쩡하지만 나이 탓인지 대화를 하다 보면 조금씩 어긋난다고 했다. 그리고 착하다는 이야기가 제일 많았다. 남편을 많이 믿고, 의지한다고 했다. 그러니까 12년이라는 시간을 기다렸을 것 같다. 그도 부인의 손을 잡아주고, 짐도 들고, 알뜰하게 챙긴다는 이야기도 들렸다. 아직은 두 사람 모두 아무 일도 하지 않고, 가끔 외출을 할 뿐 집에만 있다고 한다. 생활비는 국가에서 나오는 120만 원의 지원금으로 지내는 것 같다. 사실 지원금 지급 문제로 한동안 인터넷이 뜨거웠지만 나는 아무리 그가 성폭행범이라도 지급하는 것이 정의에 부합한다고 생각했다. 아, 그리고 그가 이사 온 지 두 달쯤 됐을 무렵 구급차가 그 집 앞으로 왔다. 사람들은 깜짝 놀라 그 집 앞으로 몰려들었다: 그의 부인이 실려 나가는 것을 보고 사람들은 흥분하며 욕을 했다. 사람들은 저간 사정 따위는 알고 싶지도 않고 일단 욕부터 했다. 아니, 사람들은 은근 기대하고 있었던 것 같다. 그가 어서 사고를 쳐, 다시 교도소로 갔으면 좋겠다는 의중을 은연중에 드러낸 것이었다. 하지만 그의 부인이 맹장이 터져서 구급차가 왔다 간 것이었다. 그 사람하고는 아무런 상관도 없는 일이었다. 동네 사람들은 뱉었던 욕을 주워 담지도 못하고, 그저 서로를 바라보며 멋쩍어했다.

그 집 앞을 순찰하는 경찰의 책임자 격인 파출소장을 만났다. 나는 한동안 우리 동네 자율방범대 순찰대장을 맡고 있었다. 파출소장하고는 호형호제하는 사이임을 자랑이 아니라 사실임을 밝혀둔다. 혹 믿지 못하는 사람들이 있는 것 같아 잠시 깨알자랑을 하면 내가 동네에서 산 지 얼추 삼십 년이 다 되어간다. 그동안 통장협의회 의장, 새마을 지도자, 동사무소 운영위원장 등 수많은 지역 직함을 가졌다. 부자는 아니지만 그래도 연말이면 동사무소를 통해 지역 노인정에 (아파트, 빌라에 있는 노인정까지 30곳이 넘는다.) 쌀 한 포대씩은 매년 돌렸다. 나름 동네 봉사를 실천하며 살았다.

"충성, 윤 총장님 나오셨습니까?"
"새삼스럽게 충성은? 그놈은 어때?"
"아직 특별한 외출이 없어서 별일 없습니다. 그런데 그놈도 언제까지 집에만 있을 수만 없겠죠. 조만간 집 밖으로 나오면 그때가 정말 힘들어질 것 같아요."
"먹고 살려면 언젠가는 나오겠지."
"하필 우리 동네로 와서 여러 사람을 잡는지 모르겠어요, 경찰이 그놈을 지켜도 욕먹고, 안 지켜도 욕먹고, 차라리 누가 그놈을 조용히 보내버렸으면 좋겠어요."
"보내다니, 무슨 말을 그렇게 해?"
"힘들어서 못 살겠어요. 지금 그놈 한 명 때문에 몇 사람이 고생하고 있는지 몰라서 그래요? 주민들이야 집에 들어가 문 잠그면 그만이지만 경찰들은 무슨 개고생이에요. 이 추운 겨울밤에 밤새도록 순찰을 돌죠. 순찰 돌던 경찰들이 추워서 편의점이라도 들어가면 유투버들이 벌떼처럼 달려들어 경찰들이 순찰 안 돌고 편의점에서 노닥거린다고 유투브에 올리죠. 숨어서 보는 눈이 얼마나 많은지 모르시죠? 당해보세요. 그런데 더 힘든 것이 뭔지 알아요? 이 일이 끝이 없다는 거예요. 끝을 알면 아이들에게 조금만 참자고 위로하고, 격려라도 할 텐데……, 그가 이사를 가던지, 죽어버리던지 해야 끝나지, 아니, 죽는 것도 문제죠. 자살이면 모를까? 누가 죽인다면 그 책임은 말도 못하죠. 십중팔구, 줄줄이 옷을 벗어야 할걸요."

그가 우리 동네로 이사 온 지 일 년이 지났다. 유투버, 기자, 경찰들이 골목에서 빠지니 어느새 그의 행보는 과감해졌다. 이제 그는 낮에 외출도 하고, 운동도 다닌다는 제보가 들어왔다. 아직 밖에서 술을 먹었다는 이야기는 없지만 술을 꽤 많이 사들고 갔다는 이야기는 많았다. 그동안 그가 변했으리라 믿고 기다렸던 시간들이 허망하게 느껴졌다. 돌이켜보면 이 모든 상황들이 정의롭지 못했다. 당시 8살이었던 피해자는 강간으로 인하여 신체 일부의 기능이 80% 이상 손상이 되었다. 몸과 마음에 상처를 안고 자란 피해자는 두려움에 고향을 떠나 숨어야 했다. 술을 마셨다는 이유로 고작 12년의 복역으로 용서를 받은 가해자는 동네를 활보하고 다니는 것이 과연 정의일까? 동네에서 그를 마주쳐야 하는 주민들의 불안은 어찌할 것인가? 나를 보며 고개 인사를 하던 그의 얼굴과 미소가 머릿속에서 지워지지 않았다. 동네는 평온해 보였지만 곳곳에 불안이 도사리고 있었다. 정의롭지 못했다. 자기 동네에 그가 살지 않는다는 안도감일까? 많은 사람들은 그를 점점 잊어갔다. 그의 존재는 오롯이 우리 동네 사람들만의 고통이었다. 아직까지 주민 피해는 접수된 것이 없지만 멀지 않아 피해가 발생되리라 나는 믿었다. 그의 집 앞에 항상 경찰이 있음에도 동네 사람들은 불안해했다. 그동안 겪어온 경찰의 역할은 언제나 사후약방문이었음을 잘 알고 있기 때문이었다. 그렇다면 일이 생기기 전에 차단하는 것이 효과적이라는 생각이 문득 들었다. 일 년 동안 그를 지켜보며 고민해왔던 공공을 위한 정의를 실천할 때가 온 것이다.

그럼 내가 어떻게 공공의 정의를 실천할지 세부 계획을 들려드리면, 파출소장하고 이야기하면서 결정적인 팁을 받았다는 것이다. 그에게 정의를 실천하는 방법은 자살로 위장하는 방법뿐이었다. 그의 죽음으로부터 죄 없는 여러 사람을 보호하는 최선의 선택인 것이었다. 나는 적절한 시간을 택해 그의 집으로 들어가야 한다. 들어가는 방법은 생각보다 아주 쉽다. 나는 그의 집 현관 비밀번호를 알고 있기 때문이다. 보통 부동산 중개인들은 거래했던 집들의 비밀번호를 수첩에 적어둔다. 집을 보러 오면 거주인 (보통 맞벌이나 1인 세대가 많기 때문이다.) 동의하에 문을 열어주고 집을 구경시켜 준다. 동네 부동산 중개인은 믿을 수 있지만 그래도 모르니 혹 이사 오신 분들께 먼저 현관 비밀번호를 바꾸시라고 말씀드린다. 현직 부동산 중개인으로서 드리는 깨알팁이다. 그런데 문제는 꼭 비밀번호를 바꾸시라고 이야기해도 열에 다섯은 비밀번호를 바꾸지 않는다는 것이다. 젊은 사람들은 바로 비밀번호를 바꾸지만, 나이 든 사람들은 대개 귀찮음에 또는 비밀번호를 바꾸는 방법조차도 모르기에 그냥 살고 만다. 내 생각에 그의 집 비밀번호는 내가 알고 있는 번호가 맞을 것이다. 다음은 그의 집 안으로 들어갈 시간이다. 자살로 위장을 하려면 부인이 없는 시간에 들어가야 한다. 그런데 부인이 항상 그의 곁을 지키고 있으니 들어가기가 쉽지 않다. 외출해도 항상 같이 다니니 쉽지가 않았다. 자살로 위장하기 위해서는 그가 집에 혼자 있는 시간을 노려야 했다.

여기서 잠깐, 안산이 얼마나 살기 좋은지 사람들은 잘 모르는 것 같다. 김삿갓이 전국을 유랑할 때 안산 수암봉에 올라 안산을 바라보며 참으로 '편안한 동네다.'라고 하여 안산이라는 지명이 생겼다는 말이 있다. 그리고 안산은 박정희 시절, 구로공단을 반월공단으로 이사 보내면서 만든 계획도시였다. 그래서 큰길은 물론이며 동네 골목길도 넓고, 깨끗하게 정비되어 있다. 마지막으로 안산은 날씨가 좋다. 폭우나 폭설이 오지 않는 지역이 안산이다. 예전에는 동주 염전으로 소금이 유명했던 곳이 안산이다. 아무튼 내가 안산을 소개하는 이유는 바로 며칠 전 안산에 십여 년 만에 큰 눈과 한파가 왔기 때문이다. 길은 눈으로 덮여 차들은 기어 다녔으며, 영하 20도의 한파는 온 동네 수도 계량기를 박살냈다. 그의 집 역시 다세대 건물이라 한파를 비켜가지는 못했다. 때마침, 그의 부인이 동파된 욕실에서 넘어져 119에 실려 병원으로 갔다. 그는 야간 통금시간이 있어 동행을 하지 못했다. 그렇다면 지금 그는 집에 혼자 있는 것이었다. 공공의 정의를 실천할 시간이 온 것이었다. 앞에서 이야기했듯이 동네에 뜬금없이 그가 이사 오니, 동네 사람들은 화들짝 놀라 부리나케 이사를 나갔다. 하지만 집은 나갈 뿐, 들어오는 사람은 없었다. 그는 202호에 살고 있다, 302호는 지금 빈집이었다. 나는 한

달 전부터 302호에 장비를 준비해두었다. 오늘 나는 302호로 들어갈 것이다. 경찰 교대 시간에 맞추어 그 집 앞으로 갔다. 집 앞을 지키고 있는 경찰이 나를 힐끔 쳐다보다 이내 팔을 들어 가로막았다.

"수고가 많습니다. 저는 달빛부동산에서 나왔는데요. 302호 집 좀 보러 왔어요."
"집을 이 시간에 왜 봐요?"
"참 답답하시네. 동네가 한파로 난리났잖아요. 부동산 일이 그렇게 쉬운 줄 알아요? 건물 주인은 서울 사는데 집 보러 올 것 같아요? 그리고 건물 주인들은 집 내놓으면 신경도 안 써요. 부동산 업자들이 날이 추우면 보일러도 켜놓고, 물도 졸졸 틀어놔야지 안 그러면 동파돼요. 동파가 되면 집주인은 나 몰라 하고 그러면 이 모든 것이 다 내 책임이 돼요. 보일러 수리비에 깨진 계량기 비용까지 경찰이 내실 거 아니면 비켜주세요."

경찰 둘은 내심 불안한 듯 고개를 갸웃거리며 이야기를 듣고 있었다.

"정 그렇게 불안하면 보고를 하면 되잖아요?"

경찰 한 명이 '옳다구나' 하는 표정으로 무전으로 상급자에게 보고를 했다. 보고를 하는 중에 중국집 오토바이가 집 앞에 섰다. 빠르게 철가방을 들고 건물 안으로 들어갔다. 한참 동안 이어진 보고를 (경비를 서고 있는 경찰은 바로 위 간부에게 보고를 하고, 그 간부는 또 바로 위 간부에게 보고하고, 결정 내용은 다시 순서를 따라 내려오니 시간이 하세월이었다.) 마친 경찰은 빨리 갔다 오라며 허락을 했다. 그런데 문제는 경찰 한 명이 동행하겠다는 것이었다. 아, 이건 계획에 없는 일이었다. 경찰이 동행한다면 내가 그 집으로 들어가지 못한다는 말이었다. 나에게 번뜩이는 기지와 순발력이 요구되는 순간이었다.

"그래요, 같이 들어가요. 그런데 현관에 두 명씩 근무하고 있는데 지나가는 사람들이 경찰 한 명만 서 있으면 '어, 이상하다.' 하고 동영상을 찍고, 유튜브에 올리고, 그것을 본 사람들은 경찰이 농땡이 치네, 말들이 많을 텐데 괜찮겠어요?"

순간 경찰 둘은 서로 얼굴을 바라보며 난감한 표정을 지었다. 둘이 속닥거리며 다시 보고를 하자는 이야기와 자주 보고하면 귀찮게 한다고 성질내는 상급자가 걸린다는 등 그 둘은 나를 곁에 세워두고 한참을 토론했다.

"그러니까 내 말은, 너무 심각하게 생각하지 말라는 이야기에요. 내가 소장하고 모르는 사이도 아니고, 순경 아저씨들 혼날까봐 걱정돼서 하는 말이잖아요. 어떻게 할까요? 같이 올라가요, 말아요?"

"그럼 빨리 다녀오세요."

"경찰 아저씨, 저도 빨리 일 마치고 따뜻한 집으로 가고 싶습니다. 그런데 일이 빨리 될지, 어쩔지는 올라가 봐야 알겠죠."

나는 약간 짜증스러운 표정을 지으며 이야기했다. 하지만 그 짜증이 당신들 때문이 아니라 다만 추운 날씨 탓과 빈집까지 신경 써야 하는 내 직업 때문이라는 표정이었다. 나는 오히려 경찰 어깨를 두드리며 격려를 했다. 추운데 고생이 많고, 그래도 경찰들이 여기를 지켜주니 우리 같은 서민들이 발 뻗고 편히 잘 수 있다며 진심으로 고마움을 표했다. 경찰들이 쑥스러워하며 비쭉비쭉거릴 때 나는 계단을 올라갔다. 밑에서 경찰들이 올려보고 있는 시선을 느꼈기에 나는 씩씩하게 계단을 올라 302호 문을 열고 들어갔다. 일단 302호에서 보일러를 외출로 돌려놓고, 화장실 변기물도 내리고, 주방 수도도 물이 졸졸 흐르게 틀어놓고 생각을 했다. 분명 그는 혼자 있을 것이다. 먼저 기절을 시키고, 준비한 빨랫줄로 목을 매달고 조용히 나와야 한다. 이제 십 분 후, 문 앞을 지키는 경찰들 교대 시간이다. 교대로 정신이 없어 내가 302호에 있다는 것을 인수인계하지 않을 수도 있다. 나는 빨랫줄과 혹시 모를 상황을 위해 망치를 허리춤에 걸고 조용히 302호 문을 열고 나왔다. 그런데 순간 이 일이 진정 공공의 정의를 실현하는 일인가라는 의심이 또다시 들었다. 살인은 정의가 분명 아니다. 어떤 의미를 두더라도 사람의 목숨을 빼앗는 일이 정의가 될 수는 없다. 순간 어지럼증이 몰려와 문 앞에 잠시 쭈그려 앉았다. 그래, 영원한 정의는 없다. 나와 당신은 분명 다르기에 나의 정의가 곧 당신의 정의는 아닐 것이다. 내가 생각이 짧았다. 우리는 역사를 통해서 많은 사람들이 '바라는 것'

과 많은 사람들에게 '바람직한 것'이 언제나 일치하지는 않는다는 사실 또한 알고 있다. 역시 살인은 정의가 아니었다. 허리춤에 찼던 장비를 풀어 302호 문 안으로 넣었다. 조금은 가벼워진 마음으로 계단을 내려왔다. 그런데 202호 문이 열려 있었다. 이상하다는 생각과 동시에 조심스럽게 202호 문을 열고 집 안으로 조금 들어갔다. 집 안을 둘러보니 소박한 시골 노인네 집이었다. 보통 이사 오면서 하는 도배, 장판도 안 한 모양이었다. 안방에서 텔레비전 소리가 흘러나왔다. 그는 방에서 텔레비전을 보고 있는 것 같았다. 현관문을 닫고 돌아서는 순간, 신음 소리가 들렸다. 조금 망설이다 신음 소리를 따라 다시 집 안으로 들어갔다. 신음 소리는 욕실에서 들렸다. 욕실의 불은 켜져 있었다. 더욱 커지는 신음 소리에 나는 욕실 문고리를 살며시 돌렸다. 욕실 안 그는 샤워기 거치대에 매달려 있었다. 매달려진 그 앞에는 휴대폰이 있었다. 삼각대 위에 휴대폰은 실시간 라이브 방송 중이었다. 휴대폰 화면에 피를 흘리며 매달려 있는 그가 보였고, 댓글들이 빠르게 올라가고 있었다. 잠시 들여다본 화면에는 나를 발견하고 놀라는 댓글들이 순간 도배를 하고 있었다.

- 어, 사람이 들어왔어.
- 누가 짜장면 또 시켰어?
- 설마 저 아저씨도 그를 처단하러 온 거임.
- 거보라고, 일억이면 살인할 인간이 넘친다고 했지.
- 그럼 저 사람도 일억 줘야 하나?

점점 사그라지고 있는 그의 눈과 내 눈이 마주쳤다. 그는 아직 죽지 않았다. 가쁜 숨을 몰아쉬며, 초점을 잃은 눈으로 나를 바라보고 있었다. 앞서 나는 영원한 정의는 없다고 했다. 하지만 살인이 돈이 되고, 쇼가 되는 현실을 정의라고 말할 수 있을까? 나의 정의가 곧 당신의 정의는 아니라지만 이것은 어느 누구의 정의도 아니다. 나는 다급히 그를 향해 손을 뻗었다. 하지만 그는 전과 17범이며, 8살 아이를 강간폭행했다. 그를 향해 뻗었던 손이 멈칫하며, 그가 매달려 있는 욕실에서 나는 길을 잃었다.